ちくま文庫

オトナも子供も大嫌い

群ようこ

筑摩書房

目次

オトナも子供も大嫌い

挿画　西原理恵子

父の描いた紙ピアノ

「ちょっと、アケミちゃん、大丈夫？　返事をしなさい」

母がトイレの木の戸をどんどん叩くのを、しゃがみながら聞いていたアケミは、目の前にぶら下がっている黄色いトイレボールを指で突っつきながら、

「だいじょーぶー」

とのんびり返事をした。

「ああ、びっくりさせないでよ。落ちてるんじゃないかと思ったじゃないの。終わったらさっさと出てきなさいよ」

母はちょっと怒った声でいった。近所の子がトイレに落ちてからというもの、アケミがトイレに入ると、

「済んだの。済んだんだったら、すぐに外に出てきなさい」

といちいちいにくるようになったのだ。

「うるさいよ」

アケミは小さくつぶやいてパンツを上げ、トイレの戸を開けた。

トイレに入ると、毎日使っている場所なのに、新しい発見がいつもあるような気がした。上のほうの引き戸を開けると、隣の家の柿の木が見える。下の小さな引き戸を開けて顔を突っ込むようにすると、沈丁花が見える。ちりがみが置いてある木のカゴの中にクモがいたり、掃除のあとの気持ちがいいような悪いような、不思議な片脳油の匂いをかいだりして、この狭い部屋でも遊べることは山ほどあった。時にはちり紙を一枚、一枚、目標を決めて便槽に落とし、それが狙いどおりに落ちていくかを見届けたりしていた。しかしそれはすぐに母にばれ、

「もったいないことをするんじゃない」

と叱られた。毎日、毎日、叱られ続けたが、アケミは絶対に泣かない子だった。叩かれても泣かなかった。泣くより前に無視することを覚えて、鬼のような顔をして母が怒っても、いちおうは神妙な顔をしているが、

（また、はじまった）

と右の耳から左の耳へ通過させていた。

アケミの下には、タロウという弟がいる。昭和三十三年に生まれた一歳になったばかりのまだ赤ん坊だ。それまでは都心に住んでいたのだが、弟が生まれたことで間借りしていた部屋が手狭になり、東京郊外の長屋に引っ越してきた。隣の家と棟続きになっていて、台所、便所、六畳と四畳半の和室があり、濡れ縁から庭に出られるようになっていた。隣の家には無愛想な年配の母と息子が住んでいて、アケミが無邪気に遊びに行けるような雰囲気ではなかった。裏には二軒の平屋が建っていて、右手の家にはアケミより三つ上とひとつ上の姉妹、左手奥の家にはアケミよりひとつ下の男の子がいた。アケミたちが住んでいる長屋の前には野原があり、そこに黒いプリンスとベージュのスバルが止まっていた。プリンスは姉妹の家の車で、スバルのほうは奥の家の車だった。

アケミは前に住んでいた所で幼稚園に通っていたが、退園処分を受けた。紺色のスモックに短いプリーツスカート、靴下どめをしてもずるずると落ちてくる肌色タイツに毛糸のパンツ。肩からは赤いビニール鞄を斜め掛けにし、手には赤い格子柄の上履き入れを持っていた。アケミはそういうお道具を持って幼稚園に行くのは好きだったが、そこにいる人々は嫌いだった。退園の理由は他の子となじめずに暴力をふるうからだった。暴力をふるうといっても、相手は全部男の子で、遊びのときに我がままをいって泣きわめいたり、手足をぶんまわして自分の意地を通そうとするのを見ていて、アケミが、

「うるさいっ」

と頭をぺちっと叩いたり、突き飛ばしたりしたのが問題になった。その男の子は地元の権力者の孫で、園長は何の抵抗もできなかった。アケミを退園させなければ、この幼稚園はどうなるかわからないという問題になり、彼女はやめることになったのである。

「あんな幼稚園なんか、行くことはない」

父はそういって怒った。母も、

「やられる男の子が情けないんだ」

と怒った。家では全く叱られなかったが、世の中に叱られてアケミは、ひと月もたたないうちに幼稚園中退になったのである。

普通の子はほとんど幼稚園に行くので、引っ越してもアケミは友だちができなかった。それでも寂しいとか、つまらないとかいうことはなく、アケミは一人で勝手に遊んでいたが、両親はそれを見ながら悩んだ。

「この子はたくさんの子供と接しないと、変な子供になってしまうのではないか」

前に住んでいた場所でも、遊んでいる子供たちの中には入っていかず、

「おじちゃん、おばちゃん」

と商店街の人々に声をかけて、いつまでも話し込んでいたりしていた。あるとき母が買い物をするために商店街に行くと、人だかりができていた。何かと思って近づいていくと、アケミが団子屋の前で即興の歌と踊りで、喝采を受けている。母が目を丸くしていると、団子屋のおかみさんが走り寄ってきて、

「奥さん、ごめんなさいね。うちのだんながアケミちゃんに、『歌って踊ってみせてくれたら、どら焼きの皮をあげるよ』っていっちゃったもんだから」

とすまなそうな顔をした。アケミはソフトクリームのコーンと、どら焼きの皮が大好物なのである。拍手喝采を受けて約束通りどら焼きの皮をもらった彼女は、母を見つけて駆け寄り、

「ママ、もらった」

とうれしそうな顔をした。

「よかったわね。家に帰ってから食べるのよ」

アケミはこっくりとうなずいて、どら焼きの皮を渡し、母は手にした買い物籠の中

から、ちり紙を取り出してどら焼きの皮を包んだ。それから一緒に買い物をして家に戻った。

両親は、近所の人から、

「アケミちゃんは変わっている」

といわれ続けていた。おしゃまといういい方もあったが、子供の輪の中に入っていかないアケミは、若い夫婦にとっては心配の種だった。そこで幼稚園に入園させれば、子供たちのなかでいろいろと学ぶことができるかもと思ったのだが、あっという間に退園処分になった。次に頭に浮かんだ子供が多い場所は、児童劇団だった。

「変わっているといわれたし、あの子にはそういう世界のほうが合っているのかもしれない」

両親はそう相談して劇団に登録し、レッスンを受けることになった。劇団のことを両親から聞いて、

「行く?」

と聞かれたアケミは、

「うん、行く」

と元気よく答えた。どんなところか全くわからなかったが、家にいてずっとテレビ

を見ていたり、トイレや近所まわりだけで遊ぶよりは、電車にも乗るし、楽しいのではないかという気がしたからだった。

劇団のレッスンがある日、母は姿見の引き出しの中から、一本しかないキスミー口紅を取り出し、それを丁寧に塗った。アケミよりも母のほうが楽しそうだった。

「タロウがおとなしくしているから本当に楽なの」

と家で仕事をしている父にいって、タロウを抱っこし、アケミの手を引いて省線に乗った。アケミはただ電車に乗れる、お出かけ気分になることがうれしかった。ところが劇団はすぐにアケミをうんざりさせた。そこには子供たちが何十人もいて、歌、リズム、踊り、演技のレッスンがあるのだが、リズムのレッスン以外、面白い物が何もない。演技の先生が、

「あなたはくまさんですよ。でも鉄砲で脚を撃たれてしまいました。痛くて痛くて脚をひきずって歩き、木の根元のところまで一生懸命歩いていきましたが、とうとう倒れてしまいました。さあやってみましょう」

というと、他の子供たちは目を輝かせて、まじめにくまさんになろうとした。しかしアケミは、

(どうして私がそんなことをしなくちゃいけないの)

といつも思っていた。そんなことをして何になるのか、全く理解できない。いつも適当にやって、先生に叱られていた。一緒に劇団にいる子供たちの親は、喫茶店経営者だったり、バーのママさんだったり、サラリーマンの子供はほとんどいなかった。アケミの父も日本画では食べられず、デザインの仕事をして生計を立てていた。母はタロウを抱っこして、いつもアケミに付き添っていた。レッスンの帰り、シゲルくんのお母さんが、

「よろしければうちの店で休んでいかれませんか」

と誘ってくれた。彼の家は池袋で有名な喫茶店で、アケミは劇団のレッスンは嫌いだが、彼の店で飲むココアは大好きだった。そこで母はシゲルくんのお母さんと、まじめに話をしていた。シゲルくんのお母さんは、本気で彼を俳優にしたいらしく、とっても熱心だった。それに比べて母のほうは、ただ幼稚園代わりに通わせているようなところもあったので、熱心な彼女の話をただ、

「はあはあ」

と聞いているしかなかった。

「劇団では男の子が貴重なんですって。それなのに全然、お役がつかないの。いつもその他大勢ばかり」

シゲルくんは坊ちゃん刈りで、着ている服もいかにもお金持ちそうで、おとなしくてまじめだった。アケミに対してもほとんど自分から声をかけることもない。

「適役っていうのもありますから。そのうち大きなお役がつきますよ」

アケミの母が慰めると、彼女は、

「だといいんだけど」

とため息をつきながら、ホットミルクを飲んでいる息子の顔を眺めた。

帰りの電車でアケミは、「お役がつく」の意味を母から教えてもらった。アケミはテレビっ子だった。幼稚園にもいかずに暇だったものだから、特に雨の日は朝から晩までテレビを見ていた。今までは見ていたテレビだが、次はテレビに出る人になるかもしれない。

「じゃあ、『チロリン村とクルミの木』に出られる?」

アケミは目を輝かせた。

「あれはお人形だからだめねえ」

「ふーん、じゃあ、『琴姫七変化』は?」

「そうねえ、子供の役があったら出られるかもしれないけど。わからないわ。その前にちゃんとレッスンしないと、人の前には出られないのよ」

母はアケミには、がんばれとはいわなかった。自分は行き帰りを引率して、家の外の空気を吸って息抜きをする日々を楽しんでいた。アケミは「琴姫七変化」に出られるかもしれないと思うと、胸がときめいた。彼女のなかのいちばんのアイドルは、琴姫様だった。いつもはお城の中できれいなかんざしをつけて、きれいな着物の裾をひいて座っている。しかしひとたび事件が起きると、町人の姿になって、事件を解決していく。

「琴姫様になりたい。そして七変化をするのだ」

アケミは琴姫様の顔が自分になることを想像し、そうなったらどんなにいいだろうと憧れた。だからといって、嫌いな演技のレッスンに身が入るわけでもなく、

（あー、いやだ、いやだ）

と思いながら適当にやり、先生に叱られていた。

しかしそんなアケミに仕事がきた。戦災孤児の役であった。もちろん戦災孤児などという言葉は知らず、ただテレビ映画に出るというので、バスに乗せられ、田舎町まで連れていかれた。そして着ていた服を脱がされ、顔を汚され、ふだん着ている服よりもっと汚い服に着替えさせられた。アケミはひどく不満であった。テレビに出るということは、ふだんの自分よりももっときれいな姿で出ることだった。それが証拠

に、テレビに出てくるお姉さんたちは、みんなきれいな服や着物を着ているではないか。一気にアケミは不愉快になった。劇団の子供たちもアケミと同じように汚い服をきせられ、かごめかごめをするようにといわれた。みんなむすーっとした顔で、

「かーごめ、かごめ」

と全然、楽しくなさそうにぐるぐる回った。すぐに、

「もっと楽しそうにできないの」

と叱られた。アケミたちは意地になって声を張り上げ、

「かあーごーめえ、かあごおめえ」

と歌いながら、ぶんぶんまわった。

「今度はちょっと元気がありすぎだ」

また叱られた。こんなのちっとも楽しくないとアケミは思った。

次の仕事は泥棒の娘だった。人気のあるドラマだということで、両親はちょっと喜んでいたが、アケミはまた失望した。小さいアケミも泥棒の意味は知っていた。世の中でとってもいけないことをする人だ。物を取ったり、お金を取ったりする。

「嘘つきは泥棒のはじまりだよ」

と何度も叱られた。その泥棒の娘なのだ。喜べるわけがない。乗り気ではなくテレ

ビ局に行って、またふだん着ている服よりもぼろの服に着替えさせられた。当時、人気絶頂の子役の子が二人いたが、もちろんアケミなんかに声をかけてはくれない。おまけに出演している女優さんのなかに意地悪なおばさんがいて、物陰にアケミを連れ込んで、

「何やってんのよ！」

と怒鳴りつけた。しかし怒られても泣かない体質のアケミは、ただこっくりとうなずいただけだった。それを見ていたのか、他の女優さんがすぐ近づいてきてくれて、

「気にしなくていいのよ。さっきのままでやればいいからね」

と慰めてくれた。アケミはまたうなずいただけだった。

アケミはテレビに出たことで、近所ではちょっとした有名人になり、

「テレビに出た子だ」

といわれたりした。ちっともうれしくなかった。明らかに子役の二人のほうが上手だったし、だいたいお姫様の役がないのがつまらない。そのつまらないと思っていた矢先、ある事件が起きた。アケミは子供番組でその他大勢の役で、スタジオに送りこまれた。番組では若い女の人が三人いて、番組内では先生と呼ばれていた。休憩のとき子供たちよりも大人が好きなアケミは、彼女たちが談笑しているところに向かって、

「先生」

といいながら走っていった。そのとたん、そのうちの一人が、

「やあね、あの子、先生だって」

といってげらげらと笑った。他の二人もただ笑っている。アケミはその場に立ちすくんだ。

（番組の中では先生と呼ぶのに、どうしてここでは違うんだ）

嘘をつかれたみたいで、おまけにばかにされて、涙がでそうになった。その日の帰り、

「劇団、やめる」

と母にきっぱりといった。両親は何もいわなかった。退団願いを出しに行くと、アケミがいちばん好きだった、芸大のリズムの先生が、

「ピアノを習わせたらどうですか」

といってくれた。両親はまたちょっと舞い上がった。芸大の先生がそういってくれたのだから、もしかしたら将来はピアニストになれるかもしれないと、二人は胸をふくらませて相談した。

早速、近所に住んでいる外交官の奥さんにピアノを習いはじめた。劇団と違ってと

っても楽しく、アケミはピアノにのめりこんだ。しかし最初はピアノを買う余裕などはなく、父が紙に黒鍵と白鍵を描いた紙ピアノで一生懸命練習していた。ピアノの先生はヒステリー気味で、意味もなく怒鳴り散らすこともあったが、それでもアケミはやめるといわなかった。そういう姿を見た両親は、ふびんに思ったのか、どこからかピアノを買ってきた。普通のピアノよりは少し小ぶりだったが、当座には十分間に合う。アケミは毎日、毎日、ピアノに没頭した。先生も驚くほど進歩が早く、あっという間にバイエルや小曲集を終えてしまった。親がせっかく買ってきたピアノも、あっという間に鍵盤が足りなくなってしまった。アケミは新しいピアノが欲しくてたまらなかったが、それはとっても贅沢なことはわかっていた。朝起きたら、あずき色のベルベットのカバーがかかった、黒光りするアップライトのピアノと黒塗りの椅子が、でーんと家族が寝ている六畳に置いてある夢をいつも見た。

私、小学校に行けるの？

ピアノの夢はいつまでたっても現実にはならなかった。朝、目が開くとすぐにピアノのほうに目をやるのだが、そこにあるのはいつもとおなじ、八十八鍵ではない小さなピアノだ。

「ああ、やっぱり」

ため息をつきながらアケミは布団をはぐって上半身を起こした。そのままの格好でしばらくぼーっとしていた。それを台所から見つけた母は、

「何やってんの、早く起きなさい。今日は試験でしょ」

と大声を出した。アケミはしぶしぶ立ち上がり、隣の部屋に入ると、すでに父は起きていて、ちゃぶ台の前にあぐらをかいて、新聞を読んでいた。彼女は黙ってその前

を通り抜け、歯を磨きに台所に行った。

そこではタロウをおぶい紐で背中にくりつけた母が、まな板の上で味噌汁にいれる大根を切っていた。アケミは手を伸ばして、流しの横に置いてある自分用の小さな歯ブラシと、粉の歯磨き粉が入った缶を手にとった。流しは黒と灰色と白い小さな粒の石が寄り集まったような柄をしていて、北向きの台所をますます暗くしていた。そのなかで白い胴体の電気釜がぴかっと光り輝いていた。

「こらっ、蓋のほうに少しだけ粉を取って、そこに歯ブラシをつけなさいっていったでしょ。おまけにあんたは水で濡らさないで、つばで濡らしたね。どうしてそういうことをするの。みんなが使うんだから、きれいに使いなさい。どうして自分のことしか考えないのかねえ」

母の叱る声に、アケミは首をすくめた。歯ブラシを水で濡らすのが面倒くさかったのでうまく母の目を盗み、口の中に突っ込んだつもりだったのだが、どういうわけだかばれていた。母は呆れかえった顔でにらみつけた。アケミは知らんぷりをして、その場を離れようとしたが、

「歯ブラシを口に入れたまま、あちこち動いてはだめ。どこかに行くときは、歯ブラシを手に持つ。喉を突いたらどうすんの」

と、また怒られた。毎日、毎日、ああだこうだと怒られっぱなしだ。いつか母を叱ってやりたいと思い続けている。そのときは今まで怒られた百万倍にして返してやろうと狙っているのだが、そういう機会は未だ訪れていなかった。

（よくもそんなに怒ることがあるもんだ）

面と向かってはいえないので、小声でぶつぶついいながら、アケミはテレビをつけてちゃぶ台の前に行き、脚を投げ出して座った。父が、

「正座をしたら脚の形が悪くなる」

と自信を持っていうので、脚を投げ出して御飯を食べるのを続けているのだ。

「大変、遅れちゃうわ」

母は柱時計を見ながら、あわててちゃぶ台の上に、お茶碗を置いた。御飯、焼いた目刺し、大根と油揚げの味噌汁、白菜の漬け物が目の前に並んだ。

「先に食べてて」

父にそういうと母は、ぐずりはじめたタロウのおむつを替えるために、隣の部屋にいった。父は黙って箸を取り、新聞を読みながら食べはじめた。アケミはテレビを見ながら食べている。それを見た母は、機嫌がよくなったタロウをまた背中にくりつけ、

「のんびりしていると遅刻するわよ。大丈夫なの？　間に合うかしら」

母は一人でやきもきしていた。

「遅刻したって、受かる奴は受かる。受からない奴は受からないんだ」

父はそういった。

「でも試験に遅刻はいけませんよ。それも試験のうちに入っているわよ、きっと」

「ふーん」

「アケミものんびりテレビなんか見てないの。御飯を食べるときにテレビを見るのはやめたいわねえ」

アケミはまた聞こえないふりをしたが、父が小声で、

「遅れるかもしれない」

といったので、あわてて御飯を飲み込んだ。

母はすでに二人が着る服を準備していて、

「急いで、急いで」

といいながら着せつけた。父はフラノの茶色のジャケットに紺色のオーバー。アケミは母が縫った紺色のワンピースの上に手編みのカーディガンを羽織り、クリーム色の厚手のオーバーを着て、お出かけ用の小さなリボンがついた靴を履いた。二人は母

に追い出されるようにして家を出た。

その日はアケミの小学校の受験日だった。商店街でソフトクリームのコーンと、どら焼きの皮欲しさに歌い踊っているときから、両親は近所の人々から、

「アケミちゃんは竹早小学校に入れなさいよ」

と勧められていた。その地域では国立大学付属の竹早小学校に通っている子供は、賢い子供だと認識されていた。

「とんでもない。うちの子は幼稚園でさえ退園になったくらいなんですから」

母が驚くと、商店街の人々は、

「いや、そんなことはない。こちらがいろいろなことを聞いても、ちゃんと受け答えをするし。あれだけ本を読んでるし漢字はかけるし、だめでもともとなんだから、受けてみたほうがいいよ」

という。最初は全くその気がなかった両親も、いわれ続けているうちに、

「そんなものか」

と思い始めた。タロウが生まれたので郊外に引っ越したものの、そこにも国立大学の付属小学校があったので、両親は、

「そんなにいわれるのなら」

とアケミを受験させることにしたのである。

受験する小学校に時間ぎりぎりで到着した二人は、空いていた席に並んで座った。今まで経験したことがない雰囲気に、アケミは緊張した。緊張しながら周囲の子供たちを見ると、みんなすましていて、きちっと膝の上に両手を置いて、黒板のほうを見ている。きょろきょろしているのはアケミだけである。

「どうするの、これから」

「試験があるんだよ」

彼女は父の耳元にささやいた。前に座っていたお母さんが、後ろを振り返った。

「試験って、どんなの？」

「それはわからない。先生が聞くから、それに答えればいいんじゃないのか」

「ふーん、どんな？」

「わからない」

「どうしてわからないの？」

「どうしても」

「どうして？」

「どうしてっていったって。パパはこんな試験、受けたことないから、詳しいことはわからん」

父は不機嫌そうにいった。周囲に座っていたお父さん、お母さんたちが、二人のほうを見た。アケミは明らかに自分たちは、この場にふさわしくないことがわかった。

手に書類を持った男の人が入ってきて、名前を呼び始めた。そのたびに、みんなはまるでお手本のような元気のよい声でお返事をして、立ち上がる。それを聞いた彼は書類に印をつけていくのだ。それを聞いていたアケミは、みんながとってもわざとらしいことをしているように感じた。

（やだ。こんなの）

アケミは足をぶらぶらさせた。その気配を感じたのか、前に座っていたお母さんがまたアケミを振り返った。

「キノシタアケミさん」

名前が呼ばれた。アケミは、

「はい」

と普通に返事をし、立ち上がった。すると男の人は、

「キノシタさん、キノシタさん、いませんか？」

と首を伸ばして探し始めた。

（ここにいるのに）

そう思いながらアケミは、大きく息を吸い、

「はい」

と返事をした。ところがそれはアケミの心の中そのままに、まるでふてくされているかのような口調になってしまった。アケミの声を聞いた親たちは、ぎょっとしてアケミのほうを見た。親たちの視線を一身に集めたアケミは、びっくりしてあわてて椅子に座った。それを見た父は、まるで他人事のように下を向き、肩をふるわせて、

「くくく」

と笑っていた。それを見た周囲の親たちは、またぎょっとして二人の姿を見た。父は笑いをこらえ、アケミはむっとした。

そのあと、数人で一つの教室に座らされ、男の人三人と女の人一人に、あれやこれやと聞かれることになった。

「どんな遊びが好きですか」

「お父さんやお母さんと、どのようなことをしていますか」

他の子たちはまるで絵にかいたようなよい子で、ぴっと背筋を伸ばして、大きな声ではきはきと答えている。いちばんはじっこに座っていたアケミは右手の人差し指で

ほっぺたを掻きながら、

（早く帰りたいなあ）

と思っていた。

「キノシタアケミさんですね」

名前を呼ばれてアケミははっとした。男の人がじっとアケミを見ている。アケミは黙ってうなずいた。男の人は手にしたペンで書類に何かを書き込んだ。

「キノシタさんは兄弟はいますか」

「弟がいます」

「いくつですか」

「二歳です」

「かわいいですか」

「うーん」

アケミは考えた。そして、

「かわいいときと憎たらしいときがある」

と答えた。また男の人が何かを書いた。そして、

「はい、それでは後ろの出口から外に出てください」

といわれて、みんなでぞろぞろと歩いて出ていった。廊下に出たとたん、他のお父さん、お母さんたちは、

「どうだった、どうだった」

と子供たちに走り寄ってきていた。アケミの父は殺気だった親たちのいちばん後ろに立っていた。

質問をされたあとはみんな一緒に集められ、大小のボールが置かれた部屋でみんなで遊ぶようにといわれた。それをさっきの四人が書類を手に、じっと眺めている。遊べといわれてもボールには何の興味もないアケミは、きゃあきゃあと他の子供たちが仲良く遊んでいるのを、ぼーっと眺めていた。

(あの人たちは私たちを見て、いったい何をしているんだろうか)

ボールよりも、全然笑わない四人の人たちのほうが気になって仕方がなかった。他の子供たちがボールを手にして、声を上げてうれしそうに遊ぶのが、とっても不思議に見えた。

(早く帰りたい)

そう思い続けてやっと、男の人がやめてよろしいというので、みなそれぞれの親のところに戻っていった。

「どうだった、どうだった」

また他のお父さん、お母さんたちは子供に聞いていた。

アケミはどうしてこういうことをしなくてはいけないか、全然わからなかった。ただものすごく緊張して、自分は場違いで、面白くなかったということだけはわかった。

学校を出たところで、父は、

「どうだった」

と聞いた。

「わかんない」

「ふーん」

話はそれで終わってしまった。父もそれ以上のことは聞かなかった。

家に帰ると父は、最初の名前を呼ばれたときに、ものすごくふてくされたような返事をしたと話した。

「あらー」

母は目を丸くしたあと、

「あっはっは」

と笑った。その日の晩御飯はカレーライスだった。アケミが好きな最中の中にカレーのルーが入っていて、ぱかっと割って煮込む物だ。最中を割るのはいつも彼女の役目になっていた。カレーの中にたくさんの肉が入っているのを見てものすごく興奮し、昼間の出来事はみな忘れてしまった。

それからもう一度、小学校を受験しに行った。ひとつの部屋に集められ、アケミは前と同じ緊張感を味わった。名前を呼ばれたが返事をしなかった。父がアケミの顔を見た。もう一度名前を呼ばれたが、首をかしげて黙っていると、その代わりに父が、

「はい」

と返事をした。前に座っていた親たちがびっくりして振り返った。そこではやたらと運動をさせられた。ウレタンマット、小さなジャングルジム、輪投げなどが置いてあって、子供たちは縦一列に並ばされて、何度も何度もジャンプをしたり、登らされたり、輪っかを投げさせられたりした。ここでもすぐに飽きた。

(早く帰りたい)

やる気は全くなかった。こんなにつまらないことを他の子が楽しそうにやっているのが、これまたとっても不思議だった。家に戻って父が、最初に名前を呼ばれたときに、返事をしなかったので自分が答えたと母にいった。

「あらー」

前と同じように母は目を丸くし、

「あっはっは」

とまた笑った。晩御飯はコロッケだった。じゃがいもの中にぷちぷちと挽肉の粒があり、アケミはそれを食べて、昼間の出来事を忘れた。

何日かたって、母はアケミを連れて小学校の発表を見にいった。番号はない。そしてまた数日して、発表を見にいった。そこにも番号はなかった。親子でとっても明るい顔をしている人たちもいれば、お母さんは暗い顔をし、女の子はしくしく泣いている親子もいた。母は簡単に、

「あら、ないわね」

といった。最初の小学校で番号がなかったときには、アケミは何とも思わなかったが、二度目の小学校で番号がないといわれたとたん、不安が襲ってきた。母と手をつないで校門を出たとき、

「私、小学校に行けるの？」

と聞いた。母の顔色が少し変わった。母はしばらく黙っていたが、

「行けるわよ。だって近くにあるじゃないの。あそこが近くていいよね。西小学校。みんなあそこに行くんだもの」

と明るくいった。

「うん」

アケミも元気よく返事をした。

家に帰ると母は父に、アケミが小学校に行けるのかと聞いたと話した。

「本当にかわいそうなことをしたわ。親の欲でアケミを不安にさせてしまった」

それを聞いた父は、

「うーむ」

とうなり、

「心配するな。ちゃーんと小学校には行けるんだから。なっ」

とアケミにいった。小学校に行けるとわかったアケミは、両親に慰められても、そんなことはもうどうでもよくなり、

「わかったよ」

といって、人形がわりにタロウの両手を持って遊んだ。彼はキャッキャ、キャッキャと機嫌よく笑った。晩御飯は御飯、里芋の煮物、野菜炒め、白菜の漬け物、味噌汁だった。全体的にくらーい色合いを見て、アケミは小学校に落ちたことよりももっとがっかりした。

はみ出し小学生

すったもんだしたあげく、アケミは歩いて三分の西小学校に通うことになった。プリンスの家のおばさんが、

「アケミちゃんも小学生ね」

といって、ピンク色の地に桜や鶴の柄が飛んでいる、とってもきれいな千代紙をくれた。

「ありがとう」

アケミは元気よくお礼をいって、しわにならないようにそーっと手に持った。

「まあ、ありがとうございます」

母もお礼をいうと、おばさんは顔の前で手を振りながら、

「いえいえ。うちの子に買った分のお裾分け」

といった。

「奥さん、実はね」

おばさんは母に話し始めた。上の女の子が、今年の二月に赤木圭一郎がゴーカート事故で亡くなってから元気がなく、

「結婚したかったのに」

といってしょげているという。

「子供だと思ってたけど、そんなことを考えてたのねえ。びっくりしちゃって。本当に今の子供はませてるわ」

「へえ、小学校の四年生なのにねえ」

母は感心したようにうなずいた。アケミも彼が亡くなったことは知っていたが、それほど関心があるわけでもなかった。かっこいいかといわれたらかっこいい男の人だと思ったけど、結婚したいかどうかはわからなかった。

「これからどういうふうに教育したらいいか、心配だわ。こんなにませていて、いったいどうなるのかしら」

「大丈夫ですよ。二人ともしっかりしてらっしゃるし」

二人の話は延々と続いていた。そしてやたらとおばさんは、

「女の子だから」

を連発し、

「心配だから中学校から女の子だけの私立に入れようかしら」

などと話していた。

「でも、世の中には男の人もいるんだし、女の子だけの学校だとその点、どうかなと思いますけど」

「あら、奥さん、でも変な虫がついたら大変よ」

おばさんは真顔になり、

「女の子の教育はちゃんとしなければ」

といって家に帰っていった。

アケミが通うのは、近所の子が誰でもいく小学校だ。ところが一週間通って、彼女はげんなりしていた。小学校がちっとも面白くないのである。先生が音楽の時間にオルガンを弾いて、みんなで歌を歌うのだが、一年生になったら友だち百人できるかなとかいう歌で、アケミはその歌が大嫌いだった。

(どうして友だちが百人もいなくちゃいけないんだ)

自分は幼稚園中退なので、同年配の友だちはほとんどいなかった。おまけにお遊戯みたいなものもやるのだが、みんなは幼稚園で習って知っているが、アケミはそのお遊戯を知らない。歌だけではなく、身振り手振りで楽しそうに踊っているみんなを見て、

（何だ、これは）

とむっとした。自分だけが知らないが、あわててみんなの真似をしようという気持ちはない。ただその間、棒立ちになったまま歌を歌っているだけだった。「友だち百人」の歌のときは、歌わないで口を一文字に結んでいた。それを見ても、担任の女性の先生は何もいわなかった。音楽の授業ものすごく簡単なことばかりで、ピアノの先生に習っていることから比べると、とても下らないことのように思えた。国語も知っている字を黒板に大きく書いて、みんな一生懸命に覚えている。本を読んでいたアケミはひらがなも片かなも覚える必要がなく、ただぼーっとしていた。算数もみんな簡単だった。そして彼女は、

「私は小学校に行く必要はない」

と判断し、朝、起きるのをやめてしまった。

それを知らない母は、月曜日の朝、

「どうしたの、学校に行かなくちゃ」

とあわててアケミを起こした。

「ほら、立って、立って」

両手をむんずとつかんで、布団の中からひきずりだし、むりやりに立たせた。

「ほら、ほら、遅れるから」

母は柱時計を気にしながら、パジャマを脱がせ、着替えさせようとするが、アケミは手足をぶんぶんと振り回して抵抗した。

「どうしてそんなことをするの」

そのときタロウが泣いた。

「ああ、本当に困ったわねえ。自分でちゃんとやるのよ。すぐによ、すぐに」

母があわててタロウのところに走っていったのを見て、アケミは、

「はーん」

とため息をついて、布団の上に座った。そして目の前にある、母が襟に黄色い花を刺繡してくれた白いブラウスと、紺色のスカートを見て、ぼわーっとあくびをした。

「こらっ、何やってんの。着替えなさいっていったでしょ。どうしてこんなにだらだらしてるの。あー、もう間に合わないわ」

母とアケミが大騒ぎをしていても、父は食後のコーヒーを飲みながら、新聞を読んでいた。二人のことには全く関心はないようであった。

始業時間に間に合わないから学校に行かなくてもいいかと期待したが、そうはいかなかった。アケミはむりやりに服を着せられ、母に手を引かれて教室まで引っ張っていかれた。母はそろりそろりと後ろの引き戸をあけ、先生に何度も頭を下げながら、アケミを教室に押し込んだ。そしてさっさと帰ってしまった。

「はい、キノシタさんは自分の席に座ってね」

先生はひとことといい、手にしている国語の教科書に目を落とした。アケミがいちばん前の自分の席まで歩いていくと、

「わあ、今頃、来てんの」

「変なの」

「寝坊だ、寝坊だ」

と同級生たちは騒ぎ始めた。

(うるさいんだよ)

彼女は無視した。

「はい、こちらを向いて、黒板のほうを向くんですよ」

先生は大声をだした。みんなは急にかしこまって前を向いた。

（だいたい一時間目は国語なんだから、学校に来なくても同じなんだよ。わかりきったことしか先生はいわないんだから。ひらがなだって片かなだって漢字だって全部わかるんだもん）

心の中でぶつぶつと文句をいいながら、アケミは机の上に教科書と四角い大きなマスが並んだ国語用のノートを開いた。

しかし先生のいうことは全然、聞いていなかった。本は読めるし字はかける。足し算、引き算もみんなわかる。アケミは退屈になると暇つぶしに、ピンクのセルロイドの下敷きを曲げたり元に戻したりして、

「ぴよよよーん」

と音をさせた。アケミがそうやっているのを見た、後ろの席の男の子が、真似をしたとたんに、

「こら、やめなさい」

と叱られた。そーっとアケミが後ろを見たら、彼はとっても悔しそうな顔をして、口をへの字に曲げていた。

どうしてもアケミは、学校に間に合うように起きることができなかった。行く気が

全く起きないのである。最初は何とか登校させようと必死になっていた母だったが、自分が手を出しているばかりでは自主性が育たないと判断し、先生に事情を話して、

「自分で準備をするまで、放っておこうと思うのですが。そうなると毎日、遅刻をしてしまうことになると思います」

というと、先生は、

「結構ですよ」

といい、それからは母は一切、手出しをしなくなった。ところがそれで焦るようなアケミではなかった。目が覚めるとすでに授業が始まっている時間だった。布団の中から上半身を起こし、しばらくぼーっとしていると目が覚めてくる。ちゃぶ台の上には御飯とおかずと味噌汁が置いてあり、その上には四角いさらしのふきんがかけてあった。

(怒られるかな)

と母の様子をうかがってみたが、何もいわない。それをいいことにアケミはテレビをつけて劇場中継を見たり、クリープをお湯でとかしてミルク状態にして飲んだりして時間をつぶした。そしてやっと腰をあげ、着替えて赤いランドセルを背負う。

「いってらっしゃい」

黙って家を出て、学校にいくと、すでに三時間目がはじまっているような時間だった。

「わあ、今頃、来た」

「寝坊だ、寝坊だ」

同級生のいうことはいつも同じだった。

（ばかじゃないんだろうか、この子たちは）

だから子供は嫌いなんだと思いながら、アケミは、

（早く小学校に通わなくてもよくなりますように）

と祈っていた。

給食もまずかった。アルミの器に入れられたミルクを飲まないと、家に帰らせてもらえない。アケミは給食を食べたあと、最後の締めにぐいっとミルクを飲み干していたが、どうしても飲めない子たちは、器を前にして泣き続けていた。先生は、

「全部じゃなくてもいいから、ちょっとだけ飲んでみましょうね」

と一人一人に声をかけていた。

（あんなもの、飲めなくたっていいじゃないか）

泣いている子にアケミはちょっと同情した。そのなかには将来、宇宙飛行士になる

んだと張り切っている男の子もまじっていた。

ソ連のガガーリン少佐のニュースを見て、男の子たちは宇宙飛行士に憧れるようになった。

「絶対に宇宙飛行士になるんだ」

といって、校庭の鉄棒で前回りをしながら、

「地球は青かった」

といい続け、しまいに目が回って頭から落ちた子もいた。先生に連れられて泣きながら保健室に行った。両親に、

「宇宙飛行士になる」

といったら、

「ものすごく勉強しないと、ああいう偉い人にはなれないのだ」

といわれ、すぐにやめた子もいた。中には、

「ガガーリンとマーガリンって似てるね」

などと呑気にいう子もいた。

アケミは天体の図鑑を見るのは好きだったが、宇宙にも宇宙飛行士にも興味はなかった。学校から帰っていちばんの楽しみは、漫画を見ることだった。「少年マガジン」

「少年サンデー」「りぼん」「少女クラブ」を買ってもらっていた。特に「マキの口笛」「星のたてごと」は毎号、むさぼるように読んだ。ぱっちりした巻き毛で大きな目の女の子は、おかっぱで黒い髪の毛、平たい顔にひとえまぶたのアケミの憧れだった。「星のたてごと」の女の人など、あまりにきれいで夢にまで見たくらいだった。

「こんなふうになれたらいいのに」

アケミは憑かれたように、漫画を写しはじめた。父が仕事で使った残りのトレーシングペーパーをもらってきて、それを漫画の上にかぶせて、輪郭を写し取る。毎日、毎日、畳の上にはいつくばって、何枚も写した。写しているうちに写し終わった部分が手の平にくっつき、手が真っ黒になった。真っ黒になったところは、畳にこすりつけて落とした。飽きるとおやつのマーブルチョコレートを口に入れ、蓋をすっぽん、すっぽんとはめたりはずしたりして遊んだ。そしてまた漫画写しに取り組んだ。漫画の女の子の大きな目の中には、たくさんの星が入っていて、きらきらと輝いていた。

「よし、できた」

とトレーシングペーパーを持ち上げると、写し忘れたところがあちらこちらに出てきて、がっかりした。特に細かい目の部分などは、写しているうちに少しずつペーパーがずれてしまい、元の絵と比べてみると、やっぱり写したなという感じになっていた。

「漫画を描く人になろうかな」

晩御飯を食べながらそういうと、母は、

「そう。それはいいわね。でもそれだったら朝、ちゃんと起きて、学校に行かなくちゃだめよ」

といった。

(そんなことをいって、私を学校に行かせようとしている)

アケミは聞こえないふりをした。学校なんかに行かなくても、絵が上手だったら、漫画を描く人になれるのだ。アケミはたくさんの絵を写し取り、それをまるで自分が描いたかのように、見てはうっとりしていた。

入学からひと月たっても、ふた月たっても、アケミの遅刻は治らなかった。テストをしても全部百点なので、彼女はますます、

「朝から学校に行く必要はない」

と考えるようになった。みんなは字も算数もわからないから、朝から学校に行く必要はあるが、アケミは授業に出なくても成績はいい。先生からは、

「テストは全部、おうちに持って帰るんですよ」

といわれたが、アケミは一枚か二枚は見せたが、あとのほとんどは学校のぱかっと蓋を開けるようになっている、木製の机の中に突っ込んでおいた。親にはテストのことは何もいわれなかったし、別にこんな物を持って帰っても、どうってことはないだろうと思っていたからだった。

夏休みになって、毎日、天国だった。学校には行かなくてもいいし、家族で谷津遊園に潮干狩りにも行った。テレビも「少年ジェット」「シャボン玉ホリデー」「夢であいましょう」「プロレス中継」「番頭はんと丁稚どん」など、いくら見ても飽きなかった。それでもすぐに寝る時間になった。寝る前に軽く、流行《はや》っていた渡辺マリの「東京ドドンパ娘」を歌いながらドドンパを踊り、両親に大受けしたあと布団の中に入った。

（早く、学校に行かなくてもいい大人になりたい）

夏休みがずっと続けばいいのにと願っているうちに、あっという間に休みは終わってしまった。

二学期がはじまると、どういうわけだかアケミはちゃんと遅刻しない時間に起きられるようになった。

「あらー、ちゃんと起きられるようになったじゃないの。お姉ちゃんになったねえ」

「私は最初っから、お姉ちゃんだいっ」

母におだてられて、ちょっといい気分になったアケミは、勢いよく赤いランドセルを背負って家を出た。同じ小学校に通っている子たちが何人も歩いていた。小学生と一緒に登校したことがなかったアケミは、何だかとても妙な感じがした。

「あ、ちゃんと来てる」

顔を見るなり同級生にそういわれた。

(うるさいなあ)

アケミは黙って席に座った。先生はいちばん前にちゃんと座っている彼女を見てにっこりしたあと、

「席替えをしましょう」

といった。

「先生、どうやって席替えをするんですかあ」

「そうねえ、好きな人同士はどう?」

「やだー」

「ひゃー」

みんなは照れて大騒ぎになった。

「じゃあ、荷物や机の中に入っている物を机の上に出して」

アケミはぎょっとした。机の中にはたくさんのテストがつっこんであるのだ。でもこの机はもう自分の机ではない。観念してアケミは中からテストを取り出し、机の上に置いた。

「何だあ、それ」

「あっ、テストだ。いーけないんだ。持って帰ってないの」

周囲の子供たちが、わーっとアケミの机をのぞきこんだ。

（うるさいんだよ、もう）

アケミはいちいちぴーぴーと騒ぐ同級生にうんざりした。

面倒くさ

二年生になったアケミは、ちゃんと定時に学校へ通うようになった。というのも、クラスの子たちは同じだが、担任が変わり、ものすごく厳しい女の先生になったからだった。これまでの先生は丸顔でぽっちゃりしていて、髪の毛はパーマをかけてふわっとさせていて、とっても優しかった。いつもにこにこ笑っていた。しかし今度の先生は、顔が細く髪の毛を後ろでひっつめにしていて、いつも斜め上をにらみつけているような顔をしていた。いつも紺色の服に白いブラウスを着ていて、スカートとズボンの間のような、股割れスカートをはいていた。まるで怖い男の先生が女の格好をしたみたいだった。

（これはまずい）

直感的にアケミは悟った。これまでみたいにやりたい放題できないと悟り、なるべく目立たないようにと、おとなしくするようになった。そんなアケミの変化に対して、クラスの子たちは何もいわなかった。アケミは目立たない子として、二年生をすごそうと決めたのであった。

相変わらず成績はよかった。漢字はみんな読み書きができたし、社会も算数もできた。ただ学校からジャガイモの種芋をもらってきて、それの芽を出させるという宿題には困った。アケミは植物を観察したり世話をするのが大の苦手だからであった。

「ジャガイモの芽を出す宿題が出た」

などと両親には報告しなかった。報告すると事あるごとに、

「あれはどうした、ちゃんとやったのか」

といわれるからである。アケミは学校からもらってきた種芋が植えてある植木鉢を、そっと庭に置いた。学校から家に持って帰る間は、

「ちゃんと水をやらなくちゃ」

と思ったのだが、庭に鉢を置いたとたんに興味は失せた。毎日、水をやり、観察しなければならない。それはアケミの日常でやることがひとつ増えることだ。それもやりたいことではない。アケミは忙しかった。テレビを見なくちゃいけないし、ピアノ

の練習もしなくちゃいけないし、本も読まなくちゃいけないし、近所の原っぱで遊ばなくちゃいけないし、漫画を写さなくちゃならなかったし、家の前のドブでイトミミズ採りもしなくてはならなかった。それにジャガイモの水やりが加わる。

(面倒くさ)

アケミは植木鉢はもらってこなかったことにして、縁側に面した戸をぱたんと閉めた。

学校に行くと先生が、

「みんな、ジャガイモの世話をしていますね」

とにこりともしないでいった。

「はあい」

「はあい。はあい」

教室の後ろのほうに座っている男の子が、中腰になって右手を上げてわめいている。

(うるさいなあ、ばっかじゃないの)

アケミはちらりと後ろを振り返って、口をとがらせた。

「ちゃんと世話をするんですよ。後でノートを出してもらいますからね」

斜め上を見ながら、先生はきっぱりといった。

「はあい」

アケミはちらちらと周囲を見ながら、

（みんな元気がいいな。みんなの家にある植木鉢からは、ちゃんと芽が出ているのかなあ。きっとそうだ。だからみんなあんなに張り切っているんだ。うちにある鉢はいったいどうなっているんだろうか）

いったいどうなっているかといっても、世話をするのはアケミしかいないのだから、本人が何かしなければ誰も世話をする人間はいない。アケミはちょっと気になって、同じクラスのシゲコちゃんに、

「今日、遊びに行っていい？」

と聞いた。なぜそれほど親しくもないシゲコちゃんの家に行くことにしたかというと、家が商売をやっているので、お父さんとお母さんが店にかかりっきりになり、子供たちをほったらかしにしていてくれるからだった。シゲコちゃんは無表情で、

「うん、いいよ」

とぼそっといった。

学校から帰って、シゲコちゃんちに行くと母にいい、アケミは家を出た。シゲコちゃんの家は駅前商店街の中にある八百屋さんだ。たくさんの人が買いにきていた。店

の横に狭い路地があり、そこに出入り口がある。ブザーを押すとシゲコちゃんが出てきて、

「上がれば」

といった。アケミはうなずいて彼女の後をついて階段を上がった。上がってすぐのところの部屋の襖が少し開いていて、誰かが布団に寝ていたが、

「あれは誰?」

と聞くのはやめた。聞かないほうがいいような、くらーい雰囲気が漂っていた。シゲコちゃんの部屋は、六年生のお姉さんと一緒だった。

「お姉ちゃん、そろばん塾にいっちゃったんだ」

もちろんシゲコちゃんもそろばん塾に通っていて、同級生でもそろばん塾に通っている子が多かった。家が商売をやっている子のほとんどはそろばんを習っていた。アケミの家では本人が全く興味がなかったこともあるが、両親からそろばんを習わせようという話は全く出なかった。しかしそろばんを習っている子は、まるで機械のように五本の指が動き、玉っころが並んだそろばんを見て、

「何百何十何円なーり」

と鼻にかかった声でいうのだ。アケミの家にもそろばんはあったが、裏返しにして

その上に足を載せ、

「スケート」

と叫びながら廊下を滑って、母にしこたまお尻をぶたれた。両親はそろばんを使っている形跡は全くなく、アケミやタロウのただのおもちゃとしてしか存在しなかったのだった。

「ふーん」

アケミは部屋の中をきょろきょろし、

「ねえ、ジャガイモどうした？」

と聞いた。窓から庭を見下ろしたりもしてみた。

「ああ、宿題？」

「そう」

「ほら、ちゃんと水をやってるよ」

そういいながら彼女は机の下から鉢を出してきた。小さい芽も出ている。

「あ……。ほんとうだ……」

アケミの声はだんだん小さくなった。

「芽が出るかなって心配してたんだけど、やっと出てきた」

彼女はとってもうれしそうだった。アケミはそーっとジャガイモの芽に触った。いかにも「がんばって芽が出ました」という感じがした。

「アケミちゃんのは?」

にこにこしながらシゲコちゃんは聞いた。まさか庭に放りだしてあるとはいえなくなり、

「まだ芽が出ないんだ」

と答えた。

「ふーん、どうしてかな。水、ちゃんとやってる?」

まるで先生にいわれているみたいだった。

「う……ん」

だんだんアケミの声は小さくなってきた。シゲコちゃんは鉢植えをちゃんと世話しているらしく、鉢も鉢を載せているお皿も、全然土で汚れていなかった。

「あのね、毎日ね、早く芽が出ろって話しかけると出るよ。アケミちゃんもいってごらんよ」

シゲコちゃんは慰めてくれた。思っていたよりもずっと優しい子だった。

「うん、そうだね」

アケミはジャガイモの鉢については考えるのをやめ、シゲコちゃんの部屋を見回した。本もほとんどなかったし、ぬいぐるみもおもちゃも、特別、目をひく物はなかった。

しばらく二人は畳の上にぺったり座って、黙って見合っていた。窓の外からは、シゲコちゃんのお父さんがお客さんを呼び込む声と、お母さんの、

「毎度ありがとうございます」

という元気な声が聞こえていた。ふだんあまり仲よくしているわけではないから、話はそれほど弾まない。アケミはジャガイモの鉢だけを調べればよかったのだが、だからといってすぐに、さよならと帰ってくるのは気がひけた。ふとお姉さんの机の上を見ると、漫画本が何冊かあった。

「これは？」

立ち上がって本を手にとると、

「貸本よ。ほら、お風呂屋さんの向かいにあるでしょ、貸本屋さんが。あそこでお姉ちゃんがいつも借りてくるのよ。私にも見せてっていうんだけど、返す日に間に合えば見せてくれるんだけど、そうじゃなかったら自分だけ読んで返しちゃうの。読みたかったらあんたもお小遣いで借りればっていうのよ」

赤松セツ子と巴里夫の漫画だった。

「新しい本は十五円くらいだけど、古いサザエさんだと五円で借りられるよ」

貸本屋さんの中に入りたいとは思っていたが、自分のように小さい子はいなかったので、アケミは外から眺めているだけだった。

「ふーん」

アケミは月に二百円のお小遣いをもらっていた。一年生のときは百円だったのが、二年生になって二百円になったのである。十五円は辛いけど、五円くらいだったら大丈夫だ。

「私がいっても貸してくれるかなあ?」

「うーん、お姉ちゃんが借りたときには、お母さんも一緒だったから。商店街でみんなよく知ってるし」

アケミの家は商店街とは全然関係ないから、小学校の二年生に本を貸してくれるかどうかはわからない。かといって、本を借りるためにわざわざ親を連れていくのはいやだった。親と一緒じゃないと何かできないというのはいやなのだ。アケミは表紙に汚れないようにビニールがかけられた、分厚い漫画本を手に取って、じっと眺めていた。

帰り際、シゲコちゃんは、

「また、来てね」

といった。「うん」とうなずきながらアケミは、これまで遊ばなかったけれど、また遊びに来るかもしれないと思った。しかし本当に彼女の部屋には楽しそうな物がひとつもなかった。一時間半後、家に帰ったアケミは、庭に直行した。どういうわけだか鉢が転がっている。雨が降ったりしたものだから、泥にもまみれていてとても学校の宿題がそこにあるとは思えないくらい汚い。アケミはしばらくそこにしゃがんでいた。

「何してんの」

突然、背後から母の声がして、アケミはびっくりして振り返った。

「何もしてないよ」

「あんた、それ、学校の宿題じゃないの？」

母は険しい顔でいった。

「買い物に行ったときにナガイケくんのお母さんに会ったら、ジャガイモの鉢植えの宿題が出たっていうじゃないの。鉢植えが転がってたのもわかってたし、いつになったらちゃんと面倒を見るのかと思ってたら、ずっとほったらかし」

アケミが黙っているのをいいことに、母はぶつぶつ文句をいった。

一年生の最初のころはよかった。ただ立っていれば服は着せてもらえたし、教科書やノートや筆箱など、その日の授業で必要な物がすべて揃えられた赤いランドセルを背負わせてもらえる。まるでお姫様のような毎日だった。

(あれだけのことをやってくれたんだから、水くらいやってくれたっていいじゃないか)

口に出してはいえないので、アケミは腹の中で反論した。

「どうすんの!」

母は鬼のような顔で、部屋から見下ろした。赤い運動靴を植木鉢の上に載せ、アケミはごろごろと転がした。

「やめなさい。足でそんなことをするもんじゃありません」

ここぞとばかりに、母は自分を叱っているような気がしてきた。

(絶対にこの人は私の本当のお母さんじゃないわ。ふだんからみんなに似てないっていわれるし。本当のお母さんだったら、こんなに私のことを叱るはずはないもん)

相変わらず母はにらみつけている。

「さっさと植木鉢をどうにかしなさい。そのままじゃどうしようもないでしょ。お母さんは手伝わないからね！」

とってもまずい状態になっていた。しかしここで庭に転がった、汚れた植木鉢を手にして部屋に戻るのは、母に対して敗北を意味していた。そういうことは絶対にしたくなかった。アケミはしばらく両手のこぶしをにぎにぎしていたが、突然、

「くーもと一緒にあの山こーえーてー」

と「てなもんや三度笠」のテーマソングを大声で歌いながら、スキップをしてその場から逃げ出した。

「こら、どこへ行くの！」

母の声が背後で聞こえた。

「そんなこと知らないよん」

小声でつぶやいた。アケミはいったいどうしようかと考えながら、とりあえず町内をスキップして回った。

頃合いを見計らって家に帰った。母は台所で晩御飯の用意をしているようだ。そーっと玄関を開けた。母はちらりとアケミのほうを見たが、何もいわずにまな板の上で野菜を切り続けた。ひょいひょいと爪先で自分の机まで歩いていくと、机の上にはでーんと植木鉢が置いてあった。あわてて庭を見るとさっきまであった植木鉢はなくな

っている。今いちばんそばで見たくない植木鉢。アケミは思わず顔をそむけた。またそーっと目を向けると、やっぱりそこに鉢はある。

(何だよ)

アケミはむっとした。そしてぐいっと鉢を机の隅に押しのけた。押しのけたといっても、机の上は本や紙やおもちゃが散乱していて、机の役目を果たしていなかった。

(やだやだやだ)

彼女は天文図鑑を開いて植木鉢のところに立てかけた。いちおう視界から植木鉢は消えた。でもいくらそんなことをしても、鉢があることには変わりがなかった。それから母は何もいわなかった。そしてアケミもジャガイモの世話をすることはなかった。ジャガイモの鉢を学校に持っていく日、アケミは手ぶらだった。途中で会った子たちから、

「植木鉢はどうしたの」

と聞かれると、

「枯れちゃった」

といった。面倒くさいから鉢は家に置いてきたのである。すると彼らは「ふーん」といい、それで事は済んでしまった。しかし学校では事は済まなかった。ジャガイモ

の鉢を持って来なかったのは、アケミ一人だけだったのである、先生はいつにもまして目をつり上げて、

「いったい、どうしたの！」

と甲高い声を上げた。

「枯れました」

「枯れたって。みんなちゃんと世話をして芽を出してきたじゃないの。どうしてあなただけ芽が出ないの？　どうして植木鉢を持ってこないの？　観察日記は？」

先生は理科のノートを開いてみたが、ページは真っ白だ。

「何も書いてないじゃないの。困ったわね」

そーっとシゲコちゃんのほうを見ると、彼女は気の毒そうな顔をしてアケミを見ていた。先生は授業を始めた。アケミよりも漢字も読めず、ピアノも弾けず、給食も食べられず、すぐにぴーぴー泣くような子たちが、立派に芽を出させている。どうしてこんなことになるのだと、反省もせずにアケミはずっと不愉快だった。

塀の向こうは別世界

ピアノのレッスンだけはまじめに通い続けた。「いろおんぷ」やバイエルはあっという間に終わってしまい、アケミは、

（こんな子供が弾くような、かわいい絵がついていたり、音符が大きな楽譜じゃなくて、お姉さんたちが弾いているのと同じ、音符が小さい楽譜を早く弾きたい）

と思っていた。先生から、

「バイエルは終わったので、次からは新しい楽譜を持ってきて下さい」

といわれ、先生はこれから必要な楽譜を何冊かメモに書き、

「次に持ってくるのは、これとこれだけでいいから」

と丸印をつけた。日曜日、アケミは一家でバスに乗って、吉祥寺まで楽譜を買いに

いった。吉祥寺の名店会館にはレコード店があり、そこでいつも楽譜やレコードを買ってもらうのだ。母は、

「パパがお金を遣っちゃって、いつ楽譜が買えなくなるかわからないから、まとめて買っちゃおうね」

とアケミに小声でいった。父は文句もいわずに必要だといわれた楽譜は全部買ってくれた。先生がいった「全訳ハノンピアノ教本」「シューマン　ユーゲントアルバム」「ブルグミューラー　二十五の練習曲」「ツェルニー30番」は、これまでの絵がついていたり大きな音符の子供用ではなかったので、アケミは大喜びをした。母は外国の毛糸を買い、弟もおもちゃを買ってもらい、中華料理を食べて上機嫌で家に帰った。アケミは家に戻って、早速、ピアノの前に座り、楽譜のページを開いて弾いてみた。どれもちゃんとした曲になっているのがうれしかった。

ピアノが弾けるようになっていくのもうれしかったが、先生の家に行くのも楽しみだった。先生の家の敷地はとても広く、洋館が二棟、瓦葺きの和風平屋が一棟建っていて、町内の雰囲気とは全く違っていたからだった。まるで絵本で見たイギリスのおうちのようだった。一棟の洋館は金髪の外国人一家が借りて住んでいて、もう一棟の洋館には先生夫婦とチェリストの息子さんが、瓦葺きの平屋にはバイオリニストの娘

さんが住んでいた。お手伝いさんがいて、隣には外国人が住んでいて、近所のポチとは違う、すらっとした体型の犬が二匹いる。塀の向こうは別世界だった。母からは門からではなく、横の勝手口から入るようにといわれていたので、アケミは楽譜が入った赤い鞄を下げて中に入った。たまに犬が広い芝生の上に放されていて、木戸を開けると鼻息が荒い犬たちの顔がぬっとあったりして、

「きゃっ」

とびっくりしたこともあった。しかしここで後ずさりするのは、アケミのプライドが許さなかった。彼女が大股でずんずんと先生たちが住んでいる洋館に入ろうと庭を歩いていくと、犬たちはぴょんぴょんとびはねるようにして後をついてきた。跳びつかれそうでちょっと怖かったがじっと耐えた。洋館のドアの前でほっとして、

「ばいばい」

と手を振ると、犬たちはおすわりをして、小首をかしげてアケミの顔を見上げていた。家にある犬の人形と同じだと彼女は思った。

重い玄関のドアを開け、

「こんにちは」

といって中に入る。暗くてぎしぎしと音をたてる廊下を歩いていくと、右側にピア

ノ部屋はあった。そこでは母よりもずっと年上の先生が、ピアノの前に座って待っていた。先生は赤っぽい色のふちの眼鏡をかけ、いつも柔らかそうな品のいいセーターと、タイトスカートと厚手のタイツを穿いていた。部屋の隅には次にやってきた生徒が待つための、赤い別珍張りのソファが置いてあった。

「新しい楽譜は持ってきましたか」

にこりともしないで先生はいった。

「はい」

アケミはユーゲントアルバムとブルグミューラーの楽譜をピアノの楽譜立ての前に置いた。

「じゃあ、これを練習しましょうか」

先生はブルグミューラーの楽譜をぱらぱらと見ていたが、「清い流れ」という曲を指さした。新しい曲を習うときには、まずメトロノームを動かして、先生が弾くのを楽譜を見ながらじっと聞いていて、それから自分が弾くのである。同じ曲なのに先生が弾くのと自分が弾くのとでは、当たり前だが大違いだった。あちらこちらつまずきながら弾き終わると、先生は4Bの鉛筆を手にして、

「ただだらーっと弾いているだけじゃだめ。曲の流れを考えなくちゃいけないのよ。

ここはだんだん大きく、そしてここはだんだん小さく。ちゃんとクレッシェンドとデクレッシェンドがあるでしょう。先生もその通りに弾いたでしょ。そういうところをちゃんと聞いていなくちゃ」

と楽譜の強弱記号の上をぐいっとなぞった。

「はい、もう一度」

必ずつまずいてしまうところが何か所かあり、

「ちゃんとおさらいをしてきて下さい」

と丸印をつけて注意された。あるときは一時間はあっという間に終わり、またあるときは一時間が長くてたまらなかった。先生はいつもどこか厳しい感じを漂わせていたが、ときどき、

「どうしてこんなに怒るんだろう」

と思うくらいにアケミを怒鳴りつけた。前にもこのくらい弾けなかったことだってあったはずなのに、その日はかーっとなって怒鳴りつけてくる。アケミの前にレッスンを受けていた高校生のお姉さんにはとっても優しく接していたのに、アケミの番になったら、だんだん不機嫌になってきて、しまいには金切り声を上げた。母にさえそんなヒステリックに怒られたことがないアケミは、びっくりしてじーっと先生の顔を

見ていた。するとますます先生は声を荒げ、

「何度いったらわかるの？」

と怒鳴り続けた。機関銃のように怒鳴り続けられるものだから、その剣幕に押されてしまい、いったい何を叱られたのかわからなくなりそうだったし、実際、先生が何に怒っているのか理解できなかった。やっとレッスンが終わり、

「ありがとうございました」

とぺこりと頭を下げて先生の家を出たとたんに、涙が出てきた。道路や周囲の家がゆらゆらとゆがみはじめた。しかしここで泣いてしまうとアケミのプライドが許さないので、ぐっとこらえて涙をためて外に流さないようにした。そこへ近所の小さな赤ちゃんがいるおばさんが通りかかった。

「どうしたの？」

心配そうに近寄ってきた。

「何でもないです」

「あら、そうなの？　何かあったの？」

おばさんは親切に聞いてくれたが、おばさんにさっきあった出来事を話してもどうにもならないので、アケミは首を横に振り、

「何でもないです」

と答え、

「さようなら」

といって走って帰った。

学校の勉強よりずーっとピアノのほうが好きだった。だいたい学校の勉強なんて、どうしてこんなことをするのかよくわからなかった。たしかに国語は本を読んだりするのに必要だし、算数も買い物をするのに必要だ。だけどどうしてみんながジャガイモの芽を出させなくちゃいけないんだろうか。農家のおうちの子供はそれも必要なのかもしれないが、アケミは自分のこれからの人生を考えると、別にジャガイモの芽を出させることができなくても、何の問題もないように思われた。それよりもピアノが上手に弾けるようになることのほうが、もっと大切だった。しかし先生にあんなふうに怒られて、何だか行く気がしなくなってきてしまった。先生があんなに叱った理由がわからなかったからだった。

「先生が怒ったということは、上手に弾けなかったからだろうけれど、これまでうまく弾けなかったことは何度もあったけど、あんなふうに怒られたことはなかった。ものすごーく下手くそに弾いたわけでもないのに、どうして涙が出るくらいに怒られなくちゃならないんだろうか」

考えてみたがやっぱり理由はわからなかった。

「また、あんなに怒られるのはいやだ」

アケミはそう思うようになった。しかし怒られてすぐにレッスンに行かなくなると、先生に、

「怒られたのが原因なのね」

とばれてしまう。アケミは何食わぬ顔をして、それから二か月の間はレッスンに通っていた。こっぴどく怒られた次のレッスンのときは、心なしか先生はいつもより優しかったような気がした。そういうのもちょっとアケミはいやだった。怒られても優しくされてもいやになってきた。ピアノはとっても好きなのに、先生も嫌いではないのだが、レッスンに行く気にならない。アケミは夏休みになる前に、

「もうレッスンには行かない」

と母にいった。

「あら、どうして？　あんなに一生懸命やっていたのに」

母は驚いていた。

「本当にいいの？　先生にそういうわよ」

何度も念を押す母に、アケミは同じように何度もうなずいた。

先生に恐縮しながらアケミの意思を伝えた母は、

「よくあることですから、大丈夫ですよ。またはじめたくなったらいつでもきてください」

っておっしゃっていたわよ」

といった。

「ふーん」

母は困った顔をしていた。彼女もアケミが急に行かないといい出したわけがわからなかった。先生にひどく怒られたことをアケミは母にも話さなかった。そういえばアケミは親に何かを相談するということを、ほとんどしなかった。その日にあった出来事は話すけれども、どうしようかと親の意見を聞くことはしなかった。全部自分のなかで考えて結論を出した。だから親としては、何の前触れもなく娘が突飛なことをいいだすものだから、母はいつもあわてふためいていた。アケミは先生の言葉を聞いて、心の中で、

(優しいじゃん)

とつぶやいた。あの鬼みたいに目をつり上げて怒鳴った先生と、ずいぶん差がある。先生は優しいのかそうではないのか、わからなくなってきた。

（私に対しては相手が子供だから怒って、親に対しては優しいふりをしているんじゃないのか）

とにかくアケミを怒鳴りつけたのは、まぎれもない事実だ。自分が通いたくなくなった理由が、自分にあるということを先生はわかっているのだろうか。わかっているから次のレッスンのときに優しくしてくれたのか。

「大人ってよくわかんない」

子供とつきあうのもいやだが、大人とつきあうのも難しい。

レッスンに行かなくなっても、アケミは毎日ピアノを弾いていた。しかし一人で弾いていても上達するわけもなく、新しい楽譜になって満足に弾ける曲などひとつもなかった。同じクラスに転校してきたお医者さんの娘がいて、ピアノの先生も英語やフランス語の家庭教師も、みんな家に来てくれるといっていた。彼女はお父さんが日本人でお母さんがオランダ人で、まるで外国のお人形みたいにかわいらしかったが、ちょっとでもいやなことがあると、すぐにぴーぴー泣くので、アケミはあまり好きではなかった。家にもっと優しいピアノの先生が来てくれればいいが、それは絶対に無理だった。

同じクラスの子たちは、ただきゃあきゃあと騒いでいて、なーんにも心配事がないように見える。

(あいつらはただの子供なんだ)

アケミは同級生を馬鹿にしていた。先生がいくら教えても字は読めないし書けない。自分は先生に教えてもらわなくても、かなはもちろん漢字もすらすら読める。こいつらは何もできないただの子供なのだ。

「この子たちとは話が合わない」

そう判断したアケミは、休み時間になると職員室に遊びに行った。担任の先生は入り口から遠くの席にいるので、出入り口に近い場所に座っている先生に、

「あのねー」

と話しかけるのである。その先生は学年でいちばん怖がられている男の先生で、特に給食を全部食べられない生徒をいつまでも帰さないので、みんなから恐れられていた。その先生のクラスの子が泣かない日はないくらいだった。しかしアケミが話しかけると、先生はとっても優しく話を聞いてくれ、みんなが怖がる理由がわからなかった。休み時間が終わる少し前になるとアケミは、

「それでは、さようなら」

と頭を下げて職員室を出ようとする。するとその先生はにっこり笑って頭を撫でて

くれるのである。休み時間にきゃあきゃあうるさいだけの同級生といるよりも、先生たちがいるなかにいたほうが、よっぽど心が安らいだ。

ピアノのレッスンには行かないまま、終業式が明日に迫ってきた。今日は大掃除の日だ。先生は頭に三角巾を巻き、エプロンをつけて、

「はい、窓を拭いて。こら、汚れた雑巾で拭くんじゃない」

と指図をしていた。男の子がブリキのバケツに入った、茶色とオレンジ色の中間みたいな色のワックスを重そうに持ってきた。

「くっせー」

「わあ、べたべただあ」

「最初は臭いけど、かいでるとだんだん気持ちよくなってくるぞ」

男の子たちはバケツの回りに群がった。

「床をきれいにするまでは、ワックスはつけない。わかったね」

先生にそういわれても、掃除が大嫌いなアケミたちは適当に箒を左右に動かして、きれいになった場所にまたほこりを舞い上がらせたりした。先生が姿を消すとますます適当にやった。適当にほこりを掃いたところで、男の子たちがモップでワックスを塗り始めた。ワックスを塗るとつるつると滑り、

「わあ、スケートだあ」

と彼らは大喜びしていた。塗りすぎて転ぶ子が続出して大騒動になった。ワックスを塗った上に転ぶと、お尻に付いた跡がまるでうんこをもらしたような色合いになり、二重の恥になるのである。

「うるさいわねえ、ちゃんとやりなさい」

そんなアケミたちを見て、先生は腰に両手を当てて怒った。男の子たちは一瞬首をすくめたが、先生に聞こえないように、

「すーい、すーい」

と小声でいいながら床にワックスを塗り続けていた。

夏休みは長くてうれしいが、アケミの大嫌いな日記の宿題が二つも出た。ひとつは朝顔の観察日記、もうひとつは絵日記である。毎日毎日、日記をつけるのはアケミにとってとっても苦痛だった。ノートの上半分が絵を描くスペースで、下半分に文字を書く枡目がある。先生から渡されたノートを何度もめくっては、

「はーっ」

とため息をついた。毎日、このページを埋めるなんて、気が遠くなる。おまけに朝顔の世話だ。学校から鉢植えをもらって帰ってくるのを見た母は、

「今度はちゃんと世話をするのよ」

といった。アケミは返事をしなかった。しばらく机の上に鉢を置いていたが、どうしてもやる気にならない。クラスの子たちは、

「世話なんて簡単だよ。毎日、水をあげればいいだけじゃない」

というのだが、それができない。毎日続けるのがだめなのである。

「ママは世話をしないからね」

母はきっぱりと宣言した。

「やってって、頼んでないじゃないさ」

「鉢植えの朝顔だって生きているんだから、それを枯らすということは、殺すことなのよ。わかってるの」

「うるさいな。ほっといてよ」

朝顔は小さく、ほんの少しだけ支柱につるをからませていた。

「あーあ、どうしてこんなことをやらなくちゃならないんだ。これが何の役に立つんだろう」

一日中、ピアノだけを教えてくれる小学校があればいいのにと、アケミは思った。だけどピアノの先生みたいに、わけもわからずにヒステリーを起こす先生はいやだ。

そう考えると自分のまわりはいやなことだらけのような気がしてきた。

一歩間違えば……

仕方なくアケミは机の前に座って、絵日記のページを開いた。

「うーん」

明日は何が起こるかわからない。明日にならないと明日のことは描けないのだ。

「うーん」

彼女は小さな目を見開いて、絵日記をにらみつけた。いくらにらみつけてもページは埋まらない。かといってこれから休みが終わるまで、日記をつけ続けなければならないかと思うと、うんざりした。一年生のときも絵日記の宿題は出たが、ずっとほったらかしにしておいて、いちばん最後の日にまとめてやろうとしたができず、結局、提出しなかった。しかし今度の先生はそんなことをきっと許してくれないだろう。

「それだったら、最初にやっちゃえばいいんだ」

アケミは頭の中に明るく火が灯ったような気がした。日記の内容が本当かどうかなんて、いちいち先生は調べないはずだ。とにかく一冊の絵日記が出来上がっていればいいのだ。何ページあるか調べたら、毎日はやらなくてもよさそうだ。とりあえず朝顔の観察日記はやらないことに決めた。とっても手がまわらないからである。彼女は早速、色鉛筆やクレヨンを手にして絵を描きはじめた。

しばらくして母がやってきた。

「あーら、珍しい。何の勉強？」

にっこりしながら、肩越しに手元をのぞき込んだ母の顔色が変わった。

「ちょっと、何やってんの」

「はあ？」

アケミは紫色の色鉛筆を手にして振り返った。

「はあ、じゃないわよ。何をやってるの」

「絵日記」

「絵日記っていったって……。いつそんなところへ行ったのよ」

アケミが描いていたのは、遊園地の絵だった。メリーゴーランドがあって、白い帽子をかぶったアケミと、麦藁編みのうす茶色の帽子をかぶったタロウが、アイスクリームを手にして、メリーゴーランドの右側に立っている。左側には母が肩の両側に大きなリボンのついた、女優さんが着るような紫色のドレスで立っている。顔も髪型も本人とは似ても似つかない姿だった。家族で行く遊園地には、そんな豪華なメリーゴーランドはない。

「うーん」

うなっているうちに、母が許してくれるのではないかと期待したが、そんなに甘くはなかった。

「うーん、じゃないの。日記はあったことを書くものでしょう。どうしてそんな嘘を描くの？」

母は真顔で怒った。

「だって」

「だってじゃないの。明日のことはちゃんと明日書くの。どうして嘘を書くのかしらねえ。ちゃんと消しなさい」

「やだ。だって描いちゃったもん」

「じゃあ、それはしようがないから、明日からちゃんと一日ずつ書かないとだめよ。

わかったね」

母は小声で、「どうしてああなんだろう」とぶつぶついいながら去っていった。アケミは母が姿を消したのを見届け、ノートの下半分の枡目に、

「きょうはかぞくでゆうえんちに行きました。とってもたのしかったです」

と書いた。父を描くのを忘れていたが、描き足すのが面倒になったので、そのままにしておいた。何度も後ろを振りかえりながら、母が来ないことを確認して、次のページに取りかかった。今度は海である。オレンジ色の大きな太陽。砂浜には大きなパラソルと波を描き、水着姿の四人を描いた。足元にはスイカが転がっていて、アケミの手には目隠し用の布と棒が握られている。

「きょうは海に行きました。みんなでスイカわりをしました。そのあと、みんなでおいしく食べました」

と書いた。

「へっへっへ、これで二日分できちゃった」

アケミは満足して絵日記帳を引き出しにしまった。

水やりを忘れられた朝顔は、机の上ですでにぐったりしていた。

「何てかわいそうなことをするの」

母は目をつり上げて、水をやっている。そういえば前よりもつるが伸びたような気がするが、アケミは観察日記を書く気にもならない。それだけではなく絵日記も夏休みに入った一週間目で、すでにやる気がなくなってきた。母はやたらとアケミをこき使おうとしているように思われた。おかずを蠅帳から出すのも、ちゃぶ台の上にハエよけの透けた笠みたいなものをかぶせるのも、アケミの仕事にさせられた。ちゃぶ台の上にハエがいるかどうか確認しないで、ハエよけをかぶせるものだから、中でハエが焼き魚に思いっきりたかってしまい、

「よく見なくちゃだめでしょ！」

と母に怒鳴りつけられた。母の機嫌の悪さは、夏場で漬け物が悪くなったこともあった。うぐいす色の蓋つきのほうろうの器には、いつも漬け物が漬けてあった。毎日、母はぬかみその中に手を突っ込み、かきまぜては中からナスやキュウリを出す。そしてそのあとぺたぺたと表面を平らにして、蓋を閉めて台所の涼しい場所に器を置くのだ。そーっと様子を見に行くと、

「毎日かきまぜているのに、どうしてかしら」

とぶつぶつと文句をいっていた。アケミは部屋に戻り、少年サンデーを手にして「おそ松くん」を見た。「おそ松くん」はクラスでも大人気で、太った女の子が「デカ

パン」とあだ名をつけられて、泣かされていた。出っ歯の子はもちろんイヤミだった。

「けけけけ」

面白くて笑っているのを、母は横目で見ていたが漫画を見るのはやめなさいと怒られたことはなかった。漫画の本も買い放題だった。本とレコードは月二百円のお小遣いとは別だったので、片っ端から買ってもらった。まだ漫画家になる夢も捨てきれず、

「なれたらいいなあ」

と憧れて、父からトレーシングペーパーをもらって、雑誌から絵を描き写してはうっとりしていた。

だらだらと過ごしているうちに、あっという間に夏休みの半分は過ぎてしまった。かわいそうに朝顔は成長しないまま、枯れてしまった。母はあれ以来、

「絵日記はどうしたの」

と聞かなかった。それをいいことに、アケミは絵日記の宿題はないことにした。ある日、父が外から帰ってきて、

「おみやげ」

といってアケミとタロウの二人に本を買ってきてくれた。タロウには乗り物の外国の絵本と、アケミには101匹わんちゃん大行進のぶ厚い絵本だった。

「よかったわねえ、これで絵日記に書くことができたじゃないの」

母の言葉に思い出したくないことを思い出し、アケミは、

（げっ）

となったが口では、

「うん」

と返事をしておいた。１０１匹わんちゃんのぶちの子犬はとてもかわいらしく、意地悪な魔女が出てきてはらはらしたが、アケミはあっという間に読み終わった。机の上に放り出してある絵本を見た父は、

「気に入らないのか」

と聞いた。アケミは頭を横に振りながら、

「もう読んじゃった」

というと、父は、

「もう読んじゃったんだってさ」

と母にいった。

「え、もう？」

母は手を拭きながら台所から出てきて、

「あらー」

と顔をしかめた。

「毎月、あんなに本を買うから、読んでいないんじゃないのかと思ってたけど、みんな読んでたのね。でもこれからは同じ本を何度も読みなさいよ。何でも新しい物を買えばいいっていうもんじゃないんだから」

もう一度、101匹わんちゃん大行進の絵本を開いてみたが、最初のときめきはすでになく、アケミにとってはただかわいい犬がたくさん載っている本にすぎなくなっていた。

夏休みにはデパートに行ったり、プールに泳ぎに行ったりしたが、アケミはそれを絵日記には描かなかった。101匹わんちゃん大行進の絵も描こうとしたのだが、犬をたくさん描かなくちゃいけないのと、犬一匹、一匹にたくさんのぶちがあるので、それを描くのが面倒くさくなったのでやめた。日を追うにつれて、どうしてこういうことを描かなければならないんだろうと思いはじめていた。

「夏休みに何をしたっていいじゃないか。おまけにそのことを描いていないからって、どうして先生に叱られなくちゃいけないんだ」

その反面、「それは宿題だから」ともいちおうは考えた。先生から出された宿題は、

まだ学校に通わなくちゃいけない小学生だからやったほうがいいような気がする。しかしそのすぐあとに、

「夏休みに何をしたって……」

に戻ってしまう。アケミの頭の中はぐるぐると回ってきた。頭のぐるぐるを鎮めようと、ピアノの蓋を開けて弾きはじめると、また母がやってきて、

「あーら、やっぱりピアノを弾きたくなったのねえ」

と私はみーんなあんたのことはわかっているというような口調でいった。

「違うよ」

アケミは怒って蓋を閉め、畳の上に大の字になって寝転んだ。ピアノを弾きたいと思うことと、レッスンに行きたいということは別なのだ。

「ちっともわかってないのに、ああだこうだいうな」

聞こえないように彼女は小声で怒りを爆発させた。

だらだらと過ごしているうちに、休みはあと一週間になった。友だちはお父さんやお母さんの田舎がある地方に遊びに行ったりしていたが、アケミにはそういう場所がない。東京にいるしかないのだ。絵日記と観察日記のほかに、算数の教科書に載っている練習問題をいくつかやらなくてはいけなかったが、これは新学期がはじまって、

いちばん最初の算数の時間までにやっておけばいいので、始業式が済んでからやることにした。そう決めると、あと一週間、何もやることがないので、まただらだらすることにした。ジャガイモのときも先生に叱られたし、朝顔を枯らして叱られたとしても、耐えられそうな気がしてきた。絵日記も、

「他に描くことがありませんでした」

といえば許してくれそうな気がした。算数の問題はどうしてもやらなくちゃならないだろう。問題は観察日記だ。観察する朝顔を枯らしてしまったのは本当なのだから、そのことだけちょこっと描けばいいと考え、日記の一ページ目に、

「学校からアサガオのはちをもらってきました。ツルがほんの少し、木にからまっています」

と文を書き、そのときのことを思いだしながら絵を描いた。そしてページをめくったところには、

「アサガオがかれました」

と書き、何も生えていない植木鉢の絵を描いた。これで観察日記もできた。何ひとつ嘘は書いていない。

「ぜーんぜん、問題ないじゃないか」

そうわかったとたん、アケミの気分はぱーっと明るくなり、麦藁帽子をかぶって外に飛び出した。

九月の始業式の日、アケミはランドセルを背負い、土が入っているだけの植木鉢をぶら下げて登校した。校庭に集まって始業式が終わったあと、先生は、

「宿題を出して。植木鉢と観察日記と絵日記がありましたね」

といった。

「はーい」

何人かが元気よく返事をした。

(ちっ)

アケミは心の中で舌打ちをした。先生はみんなの机の間を歩きながら、三つが揃っているか点検しはじめた。一人の男の子の前で先生は立ち止まった。

「どうしたの?」

彼の机には植木鉢しかなかった。それもアケミのと同じように朝顔は生えていない。

「日記はどうしたの?」

ぼそぼそっと彼が何かをいうと、先生は、

「聞こえない!」

と腹の中から声を出した。彼は聞き取れないような声で、

「忘れました」

と答えた。

「忘れた？　どうして。今日、持っていらっしゃいって、先生、いったでしょう。どうして忘れたの」

先生はしつこくいった。彼は頭をぼりぼりと掻きながら、大きくため息をつき、そして横を向いた。そのとたん先生は無表情で、ばしっと彼のほっぺたを叩いた。

「ひえっ」

クラス中がびっくりした。アケミは胸がどきどきしてきた。朝顔を枯らしたのは自分も同じだ。いちおう二冊とも日記のノートは持ってきているけれど、ちらちらと周囲の様子をうかがってみると、みんなちゃんと日記を描いてきたようだ。

（何だよお、みんなあ）

自分もビンタされるのではないかと、気が気ではなくなった。叩かれた男の子は顔を真っ赤にして立たされている。先生は何事もなかったような顔で歩いている。とにかく朝顔についてはともかく、ノートも全部は埋まっていないが、いちおう日記は描いたということをアピールしようと、アケミは二冊のノートの表紙を開き、一ページ

目が先生に見えるようにした。特に絵日記の一ページ目は力作なので、ぜひ先生には見てもらいたかった。これでピンタからは免れるだろうかと、アケミは目をきょときょとさせながら先生が近づいてくるのを待っていた。

先生はただ一人、表紙を開いているアケミの日記に目をやった。

「あら、遊園地に行ったのね」

意外にも先生は優しかった。

「はい」

アケミは大きくうなずいた。

「これはお母さん？」

紫色のドレスを着た人を指さした。アケミはうなずいたあと、顔を赤くしてうつむいた。

「あらそう、とってもお洒落ね」

そして次に観察日記の一ページ目に目をやり、植木鉢については何もいわずに歩いていってしまった。

（よかったあ）

アケミははーっとため息をついた。ひととおりクラスを歩きまわったあと、先生は

ビンタをした男の子を座らせ、

「はい、いちばん後ろの人が日記を別々に集めて」

といって教壇に集めた。植木鉢は学校の花壇の横に並べることになった。

アケミの心境は、ただ、

「助かった……」

だった。一歩間違えば、自分もビンタだったのだ。

(観察日記、描いておいてよかったあ)

胸を撫で下ろした。

みんなで校庭に出て植木鉢を並べていると、先生がアケミのところにやってきて、

「アサガオはどうしたの」

と聞いた。どっきんどっきんしながら、

「枯れました」

と答えると、先生は苦笑いをして離れていった。

(よかったあ)

ちょっとだけ死にそうになった。

その日、学校から帰って、あわてて算数の宿題をやった。明日の二時間目に授業が

ある。ところがやってみたらわけがわからず、アケミは買ってもらっていた算数の参考書をあちらこちらひっくりかえして、何とか問題を解いた。それを見た母は、

「あら、始業式の日からもう勉強してるの」

と余計なことをいった。アケミはそれには答えないまま、

「大きくなったら、クレージーキャッツの無責任男みたいになりたいなあ」

と考えるようになった。

ロボット先生の謎の笑み

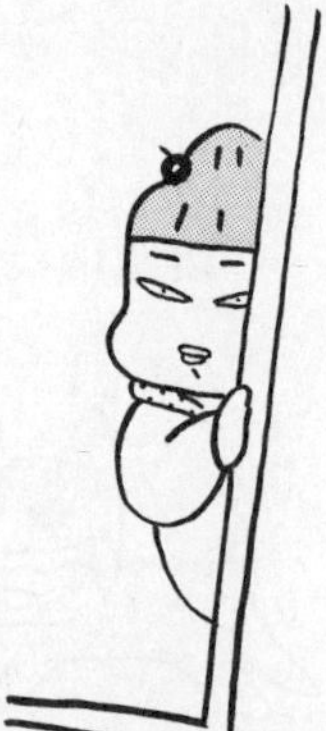

先生は、

「スカッとさーわやか、コカ・コーラー」「リポビタンＤ！」

などとテレビコマーシャルの真似をして騒いでいるテツオくんの頭や、一人でヨットで太平洋を渡った堀江謙一にのめりこんで授業中にずっとしゃべっているショウイチくんとノリユキくんに、相変わらず無表情でげんこつをくらわせていた。もちろんビンタもとんだ。男の子には鉄拳制裁を加え、女の子は怒鳴りつけてびびらせ、無表情で体育をやり、無表情で給食を食べていた。何か月たっても、先生が怖いという印象は変わらなかった。白いブラウスに紺色の股割れスカート姿もずっと同じだ。寒くなるとそれに紺色のカーディガンか、上着を羽織る。いつまでたっても女の先生という感じがせず、女の形をしたロボットに教えてもらっているようだった。

冬休みのことがそろそろ気になりだすようになったとき、下校前に先生は出席簿を脇に抱えながら、

「先生のうちに遊びに来たい人はいらっしゃい」

といった。それを聞いた生徒たちは、「わあい」と喜ぶよりも、

「え……」

と息を飲んで、しーんとしてしまった。先生は、

「さようなら」

と職員室に戻っていった。

「さよ、う、なら」

みんなはぺこりと頭を下げたあと、机を教室の後ろに下げるのも忘れて話し合った。

「ねえ、どうする？」

なかには先生の言葉に全く興味を示さずに、机を下げ、掃除用具箱から箒を出して床を掃きはじめている子もいる。

「邪魔なんだよ、邪魔」

彼にいわれてアケミたちはあわてて机を後ろに下げた。

「誰か行くのかなあ」

みんなで首をかしげた。まさか先生があんなことをいうなんて思わなかった。どちらかというと先生は慕われているほうではなく、怖がられていた。特になついている子もいなかった。唐突に遊びに来いといわれても、ただあっけにとられるだけだった。

「でもさあ、誰も行かないと、まずいんじゃないの」

キョウコちゃんがいった。

「うーん」

みんなはうなった。たしかにそうだ。

「せっかくいってくれたんだし……」

タカコちゃんがつぶやいた。

「そうだよね」

アケミはそうだよねとしかいえなかった。先生の家の場所は住所からぼんやりとはわかっていた。学校から歩いて二十分くらいのところにあって、まだ周囲に畑が残っている。先生の家の近所から通ってくる子も何人かいた。アケミは先生の家がどんなふうになっているのか、知りたくなってきた。部屋がいくつあって、誰と住んでいてどんな物が置いてあるのか。誰かが行こうと誘ってくれたら一緒に行くが、自分がいい出しっぺになるのはいやだったので、みんなの様子をじーっとうかがっていた。

「アケミちゃん、行かない？」

キョウコちゃんが誘ってくれた。いつもは、

（こいつらはどうしようもない子供だ）

と小馬鹿にしているが、こういうときに仲間外れにされるとちょっと寂しい。アケミは「待ってました」と思われないように、

「そうねえ、じゃあ、行こうかなあ」

ともったいをつけた。

「私も行く」

シゲコちゃんとタカコちゃんはきっぱりと口を揃えていった。

「じゃあ、ほかの人にも聞いてみる」

キョウコちゃんは廊下でぺちゃくちゃと話をしている女の子や男の子たちのところに走っていった。キョウコちゃんの肌色の毛玉のついたタイツの膝の部分はぷくっとたるみ、後ろ側は汚れていた。

「邪魔だっていってんだろ。どけよ」

床掃きに一生懸命になっているシンちゃんにまた怒られた。

「そんなふうにいわなくたっていいじゃない」

まじめなタカコちゃんは抗議した。

「うるせえな。邪魔だから邪魔っていってんだよ。どけどけ」

彼の家は魚屋さんで、お父さんとお母さんがいつもお店に出て、魚を売っていた。彼のぱきぱきしたしゃべり方はお父さんにそっくりだった。彼に追い払われたアケミとタカコちゃんは廊下に出た。廊下では廊下担当の掃除当番の子が床を掃いていたが、彼女はみんなが立っているところをよけて、見えているところだけを掃き、集めたほこりをちりとりで取ってゴミ箱に捨てた。そしてアケミたちが下駄箱のところに移動すると、床に落ちている残ったほこりは、勢いよく箒で左右に散らして、ないことにしていた。

キョウコちゃんの提案により、総勢、十二人が先生の家に行くことになった。クラスの約三分の一くらいの人数だ。ビンタをされた子もげんこつをくらった子もその中にまじっている。しかし夏休みの日記を全然書かなかった男の子は来なかった。クラスでいちばんきれいで高慢ちきなリカちゃんは、キョウコちゃんが行くかどうかを聞くと、きつく編んだおさげ髪をぶんっと揺らして、

「いかないわ。行ったってしょうがないから」

といった。

「何よ、あの人。いつも気取っちゃってさ」

キョウコちゃんは顔を赤くして怒っていた。

「来ないほうがいいよ。あの人、お誕生会に呼んでも、自分の思ったとおりにならないと、すぐ泣くんだってさ」

タカコちゃんが小声でいった。

「いいよ、来ないほうがいいよ」

アケミも横から口を挟んだ。女の子三人は、目を見合わせて黙ってうなずいた。キョウコちゃんが先生の家に遊びに行く人数を報告すると、

「ああ、そう」

と先生は一瞬笑ったが、そのあとすぐに、真面目な顔に戻った。

先生は無表情がいちばんいいと、思っているようだ。

アケミは新しい曲を習いたくなって、中断していたピアノのレッスンに、夏休みが終わってからまた通うようになっていた。先生は何事もなかったようにアケミを受け入れ、アケミも何事もなかったかのように以前と同じように赤い鞄に楽譜を入れて通った。先生は前よりもちょっと優しくなったような気がしたが、

（もしかしたら、また急にヒステリーを起こすかもしれない）

とアケミは安心はしていなかった。しかし先生はヒステリーを起こすこともなく、普通に教えてくれた。

（これは私がピアノが上手になったからだろうか。それとも先生が反省したのだろうか）

とても自分が前よりもずっとピアノが上手になったとは思えないので、アケミは、

「先生が反省した」

と結論づけ、それなら先生を許してあげようという気になった。

冬休みを前にした日曜日の昼、みんなはコートやジャケットを着込み、シゲコちゃんの家で買ったりんごやみかんを持って、先生の家に行った。先生の家はとても濃い紫のような色で塗られた、やや大きめの木造の二階建てだった。かわら屋根で二階には物干し場があり、門の中には二台の自転車が置いてあった。タカコちゃんは先生の家の前にたどりついたとたん、なぜかくすくすと笑い出した。

「お前、押せよ」

ベルを前にしてショウイチくんが、学級委員長の背中を押した。ガリ勉というあだ名の彼は、されるがままになって人差し指でベルを押した。「ピンポーン」と誰かが

口まねをしたのと全く同じ音だったので、みんなは笑った。ドアが開いた。

「いらっしゃい」

先生が笑いながら顔を出した。こんなに優しい顔をした先生を見るのははじめてだった。白いブラウスの上に黒いカーディガンを羽織り、黒いスカートを履いている。学校にいるときとほとんど変わらない格好だ。

「奥から座ってね」

畳敷きの大きな部屋に入っていくと、座卓の上には鮨桶に入ったちらし鮨が、どーんと置いてあった。みんな目を奪われた。取り皿が重ねてあり、割り箸もたくさんあって、「すぐに食べてね」という雰囲気になっていた。

(これは私たちが食べていいんだ)

見てはいけないと思いながらも、本能には抵抗できずに美しいちらし鮨に目がいってしまう。きれいなちらし鮨はごちそうだ。すでにとろーんとした目になった男の子もいる。

「先生、これ」

買ってきたりんごとみかんを渡すと、

「気を遣わなくていいっていったのに。じゃあ、みんなでいただきましょう」

と台所に行ってしまった。

「すげえな」

「うまそー」

「あ、エビ、それにでんぶ……」

「おれ、朝飯、少なくしといたんだ、えへへへ」

男の子たちの目はちらし鮨に釘付けだ。

「やあねえ、どうして男の子って、ああなのかしら」

タカコちゃんはそういいながら、部屋の中を見渡し、興味深そうに棚の上に飾ってある、ケースに入った木目込み人形を眺めていた。アケミは天井や壁や床の間をじーっと観察していた。

先生が部屋に入ってくると、みな緊張してきちんと正座をして背筋を伸ばした。へたをすると鉄拳が飛んでくるような気がしたからだ。

「緊張してるの？　普通にしてていいのよ、普通で」

みんないちおう、こっくりとうなずいたが、先生のいう普通という意味がよくわからないので、相変わらずみんなは正座したままだった。お茶を持って高校生くらいのお姉さんとお兄さんが入ってきた。お姉さんは白い薄手のセーターの上にVネックの紺色のセーター姿で、お兄さんのほうは紺色に白い柄が入ったとっくりセーターを着ていた。二人とも先生と似た色の服だったが、顔はそれほど似ていない。

「ミチコお姉さん十七歳と、タクロウお兄さん十六歳です」

二人はにこにこと笑いながら、

「こんにちは」

と挨拶をしてくれた。

「あ、こんにちは」

みんなもぺこりと頭を下げた。アケミにはとても二人が立派な人のように思えた。とても感じがよくて、そして優しい顔をしている。お姉さんお兄さんとも、このあたりで頭のいい人が合格する有名な高校に通っていることがわかり、誰かが小声で、

「すげえ」

とつぶやいた。たまたまお兄さんの隣に座っていた学級委員長は、真面目な顔をして、

「お兄さんは何時間くらい勉強したんですか？　参考書は何を使ってました？」

と真剣に聞いていた。

「何だよ、あいつ」

一人の男の子が、ちらりと委員長を見て、その後、穴のあくほどちらし鮨を見ていた。なかにはよだれが半開きになった口から垂れそうになっている子もいる。

「お鮨を食べる前に手を洗いなさい」

先生にそういわれて、みんなは現実に引き戻され、洗面所までぞろぞろと歩いていった。交代でピンクの石けんで手を洗って部屋に戻った。順番待ちをしている間に、一階の他の部屋をちゃっかりとのぞいて、隣に座っている子に小声で、

「布団が重ねてあったぞ」

と報告する者もいた。

「どうぞ、召し上がれ」

先生の声を聞いて、待ってましたとばかりに男の子たちは、鮨桶の横に置いてあるしゃもじに手を伸ばした。なかでいちばんすばしっこいシンちゃんが真っ先に手にして、舌なめずりしながら鮨を皿にてんこ盛りにしようとしている。

「おい、そんなに取るなよ。なくなっちゃうじゃないか。あ、あ、エビ、エビが二つも……」

周囲の子たちは気が気じゃない。それを見た先生は、

「大丈夫、まだあるから」

といった。「まだある」という言葉を頭の中で何度も繰り返しながら、男の子たちはほっとしたような顔になった。一方、女の子たちのほうはちらし鮨ごときで、あんなに騒ぐのははしたないという気持ちもあって、おとなしくしていた。弟二人と妹がいるノリコちゃんが率先して、まるでお母さんみたいにアケミたちにお鮨をよそってくれた。アケミは隣の子のほうが上に載った錦糸たまごが多かったので、横目でじとーっと眺めていた。

「いっただっきまーす」

みんなはむさぼるようにお鮨を食べた。お姉さんとお兄さんは、とろろ昆布が入ったすまし汁を運んできてくれた。

「うめーっ」

男の子たちが固まって座っているそこここで、ずずーっとすする音がする。

「やあねえ」

一人の女の子が、お母さんがやるようなしかめっ面になった。

「先生の家には、たくさんお椀があるんですね」

などと聞いている女の子もいる。

「あら、全部、うちのじゃなくて、ご近所から借りたのよ」

先生の言葉にお姉さんはうなずいていた。お鮨のおかわりも平らげた後は、手みやげに持っていったりんごとみかんが出た。それを目の色を変えてばくばく食べる男の子を見て、

「ほんとに何を考えてるんだか」

とキョウコちゃんが呆れた。女の子全員が、男の子のことを情けないと思っていた。

その後、家の中で遊びたい人はトランプをやり、外で遊びたい男の子はお兄さんのボールを借りて、一緒に前の路地で遊んでいた。小腹がすいたなと思ったときに、ひとつずつクッキーをもらった。もう男の子は大喜びだ。女の子はうれしくて鼻の穴が広がってはいるが、くすくす笑いながら隣の子と軽く体をぶつけ合って、喜びを表現した。男の子たちはジャムがついたクッキーを取り合って、大騒ぎになっていた。とにかく食べ物が目の前に登場するたびに、彼らは目が輝き、女の子たちはそれを見て、露骨にあんなに喜ぶ男の子たちは、本当に子供だと呆れた。

四時前、暗くなる前にみんなは家に帰ることになった。

「帰る方向が同じ人は、まとまって帰るのよ」

先生はお姉さんとお兄さんに、送っていくようにといった。みんなはうちとけて、二人と手をつないで歩いている子もいた。おいしいちらし鮨も食べられ、先生の別の

姿も見られて、なんだか楽しい一日だった。

翌日、アケミが学校に行くと、来なかった男の子に、

「お前、もったいないなかったなあ。あのな、こーんなちらし鮨がな、たくさん出たんだぞ。こーんな大きなエビが入ってて、上にたまごが載ってて、ピンク色のでんぶが……」

とショウイチくんが一生懸命に説明していた。

「いいなあ。みんなちらし鮨を食ったのかあ。いいなあ」

それを聞いたリカちゃんは、いつものようにぶるんとおさげ髪を振って、「そんな物、いつも食べてるわ」というような顔をしていた。昨日の先生の姿を見たアケミたちは、先生の態度が少しは変わるかなと期待していたが、学校での先生は前と全く同じだった。家に遊びに来た子たちに親しげにもしなかったし、相変わらず無表情で、

（昨日の先生の笑い顔はいったい何だったんだろうか）

とアケミは首をかしげた。

二年生が終わるまでずっと、学校での先生はロボットのままだった。それ以後先生の家に遊びに行くこともなく、アケミは三年生になった。今度の担任は男の先生で、ロボット先生は他の小学校に転任していった。家での笑顔と学校での無表情の落差が

どうしても理解できず、アケミは先生が学校を離れると聞いても、

「ああ、そうなんだ」

と思うだけで、寂しいという気にはならなかった。

「ツケベ」な担任

三年生の担任になったのは、新しくやってきた三十歳くらいのオリタ先生だった。色白で小太りで、髪の毛は天然パーマで、もやもやっとしていて、おまけにちょっと薄かった。三年生になるときはクラス替えがあるので、みんな最初はちょっと緊張していて、クラスの中は静かだった。先生が読み上げる出席簿の順番で、とりあえず着席した。

「これが先生の名前です」

先生はチョークを取って、黒板に大きく名前を書いた。みんな口の中で「オリタチズオ、オリタチズオ」と何度も繰り返した。

「これからみなさんと仲良く、一緒に勉強をしていきましょう」

先生は優しくいった。次に出席簿を見ながら、もう一度、一人一人名前を読み上げ、生徒の顔をじっと見た。

「はい、アオキくんですね。次がイグチくん」

うなずきながらクラス全員の名前を確認した。直感的にこの先生は怖くないとわかったみんなは急に緊張が解け、ぺちゃくちゃと話をはじめた。なかには、

「先生は独身ですか？」

と聞く男の子までできた。

「え、そうだよ」

顔がちょっと赤くなったような気がした。アケミの隣の席の女の子は、

「もてそうじゃないもんね」

とアケミに向かって小声でいい、くすくすと笑った。

「どうして結婚しないんですか」

また誰か男の子が叫んだ。

「えっ」

先生がうろたえるのを見て、みんなはどっと笑った。

「いや、あの」

彼はグレーのズボンからあまり白くないハンカチを取り出して、ピンク色になったおでこをしきりに拭いた。それを見てまたみんなは笑った。

「もう先生のことはいいの。今日はいろいろとやらなくちゃいけないことがたくさんあるんだから」

ポケットにくしゃくしゃになったハンカチを押し込み、黒板に

「せきがえ」

「きゅうしょく当番」

と書いた。

「席替えはどうする？　好きな人同士で並ぼうか」

先生の言葉を聞いたとたん、みんなは、

「ひゃー」

と変な声を出した。

「やだー、そんなの」「恥ずかしい」「やらしー」

そういいながら体をよじる子もいれば、ただぼーっと椅子に座っている子もいた。アケミはにっと笑いながら、黙って椅子に座っていた。

「わかった、わかった。静かに」

あまりにみんなが騒ぎはじめたので、先生は少し驚いた顔をして、みんなを鎮めた。

「じゃあくじ引きにするから。好きな子と並べなくても、先生のことを恨むんじゃないぞ」

またみんなは、

「ひゃー」

といって大騒ぎをした。

黒板に教室内の机の絵を描いた先生は、廊下側のいちばん前の席から、1、2と番号を振っていった。そして持ってきた封筒の中から新聞に挟まっている裏の白いチラシを取り出し、いちばん前の席の子にそれを切らせて、番号を書くようにいった。そして、

「男女で並ぶほうがいいの。それとも男の子や女の子同士でもいいの」

と聞いた。誰かが、

「ぐちゃ並び」

と叫んだ。ぐちゃ並びというのは、男の子も女の子も関係なく、ぐっちゃぐちゃに並ぶという意味で、先生は、

「へえ、そういうふうにいうの」

と感心していた。

「はい、じゃあ、順番を決めなくちゃいけないな。じゃあ端っこの側のいちばん前の人、立って。じゃんけんして勝ったほうから紙を取っていこう」

みんな自分が何番目かを数えていたが、ちょうど教卓の真ん前の列の真ん中に座っているフジタくんが、

「おれ、どっちでも同じだ。どっちみちビリだよう」

といいはじめた。

「そうだな。それでいいか？」

と聞いた。フジタくんはしばらく考えていたが、

「いいです」

とうなずいた。

「よし、わかった。これで席を決めるから」

校庭側の子が勝ち、次々に紙を取っていった。四つ折りにされた紙をそっとのぞき込み、

「わあ、いちばん前だあ」

と大声を上げる子もいた。

「ひょえー」

黒板に書かれた数字を立ち上がって確認したあと、くるくる回って椅子にへたり込んだのはシバタくんだった。

「どうしたんだよ」

後ろの席の男の子が、彼が手にしていた紙を取り上げ、それが教卓の真ん前の番号だとわかったとたん、

「ひゃひゃひゃひゃ」

と腹を抱えて笑いだした。

「やだー、おれー」

教卓の真ん前がショックだったらしく、シバタくんは笑っているのと悲しんでいるのが一緒くたになったような顔で、

「あーっ」「うーん」

と何度もうなっていた。

後ろのほうの席になった子は喜び、前の席になった子は、一様にがっかりしていた。

「どうして前の席だといやなんだ?」

先生に聞かれても、みんなはっきりとは答えられないのだが、なるべく後ろの席の

ほうが安心できるのだった。みんな荷物を持って、新しい席に移動した。シバタくんは悶絶していた。アケミの後ろの席は男の子だったが、前と両側は女の子で右側はシゲコちゃんだった。左側の席にいるのは、他のクラスでずっと学級副委員長をやっていた、頭のいいおとなしい女の子だ。このクラスの新しい副委員長はその女の子に決まり、委員長は男の子二人の候補に投票することになって、体の大きいほうの子が一票差で決まった。先生が叱らないので、みんな平気でわあわあ騒いだ。そのたびに先生は、

「こら、ちょっとうるさいぞ。ほら、静かにしないか」

とあわてはするものの、大声を出すことは絶対になかった。学校からの帰り、アケミは同じクラスだが、まだ名前を覚えていない男の子が、

「あの先生、ちょろいよな」

といっているのを聞いた。

アケミの成績は相変わらずよかった。音楽はそっぽをむいていても全部わかったし、国語の点数もよかった。しかし学級副委員長になることはなかった。見るからに頭がいいという感じが全くなかったからである。だいたい副委員長になる女の子は、すっとしていてお嬢さんという雰囲気を漂わせているか、てきぱきしていてお姉さんみた

いか、

「あんたたち、わかってんの」

と男の子を叱るようなお母さんみたいなタイプだった。アケミはそのどれからもはずれていた。一年生のときの自分勝手な登校時間の話はほとんどの子が知っていて、「学校が決めたことをきかない子」というイメージが出来上がっていた。これでは副委員長になる資格はない。アケミ本人もその気はなかった。

(何で学校に行かなくちゃいけないのか)

と思いながらも、遅刻をしないで通学するようになっていた。

そんなアケミを今度のオリタ先生は誉めちぎった。国語の教科書を何度も読ませては、漢字のところで全然つっかからないアケミに、

「キノシタさんはすごいねえ。全部、漢字が読めるんだね」

と大げさにいった。みんなの視線が自分に集まると、恥ずかしくなって身を縮めて席に座った。月に一度の体重測定のときに、保健の白衣を着た女の先生が秤を持って各教室を回る。そのときもオリタ先生は必ずアケミの手を取って秤の上に乗せた。そんなことをしてくれなくてもいいのにと思ったが口には出せず、アケミは毎月、体重測定の日になると困った。夏休み前、

「キノシタさん、ちょっと用事があるから残って」

といわれた。いったい何かと思ったら、国語のプリントを刷る手伝いだった。謄写版で先生が刷ったのを、机の上に並べて乾かし、乾いたらまとめるのである。インクの匂いがするなか、教室の中で先生と二人きりで作業をした。先生は「本はたくさん読んでるの」とか「家に帰ったら何をしているの」などと聞いた。アケミは学校の図書室でいつも本を借りていることや、ピアノの練習をしていると話した。実はピアノの練習は最近は前ほどやっていなかった。どんどん進むにつれて曲が難しくなるのは当然だが、アケミの手の大きさがそれについていけなくなったのである。アケミの手は明らかに小さかった。習っている曲を弾くには最低、オクターブに渡る和音が弾けなくてはならなかった。しかしアケミの手はオクターブに届かなかった。

「しょうがないから、親指と薬指でオクターブを弾きなさい」

ピアノの先生はそういうのだが、オクターブの中に押さえなくてはならない音が二つあると、人差し指と中指が股裂きのような具合になり、楽譜通りの音が出ない。そのたびに先生は、

「仕方ないわね」

と、楽譜に書いてあるアケミが押さえられないおたまじゃくしに鉛筆でばってんを

つけた。これはアケミにとって屈辱だった。自分が弾いているのは、完璧なソナチネではない。そういう楽譜が多くなっていくにつれ、どうせ自分はこの手だと完璧にピアノを弾けないのだとがっくりし、練習をする気もなくなってきたのだった。

一時間ほどで作業が終わり、

「帰ります」

とランドセルを背負うと、先生は、

「本当に助かったよ。ありがとう」

とアケミの頭を撫でた。どうしてかわからないが、そういうことをされるのは、あまりうれしくなかった。

次の日、授業がはじまる前、席に座ったアケミは隣の席のシゲコちゃんに、

「昨日、先生に残れっていわれて、国語のプリントを刷る手伝いをしたの」

といった。するとシゲコちゃんは、困ったという顔をしながら、

「やめたほうがいいよ」

と小声でいった。

「どうして?」

「あの先生、ツケベなんだって」

「ツケベって何?」

「ツケベだよ、ツケベ」

前に座っていたセキさんが突然に振り返り、

「スケベっていってるのよ」

と小声で通訳した。アケミは漢字は読めるが、スケベという言葉は知らなかった。

「スケベって何?」

首をかしげるとシゲコちゃんは、

「いやらしいってことよ」

と大人のような顔でうなずいた。

「いやらしい?」

「そうなのよ」

またシゲコちゃんはうなずく。

「そうそう、あたしも聞いた」

セキさんも真後ろを向いて参加してきた。三人でちらりと横を見たら、副委員長は熱心に教科書を読んでいて、こちらの話には関心がなさそうだった。

「隣のクラスの女の子が校庭で遊んでたら、急に後ろから抱きついたりしたんだって」

「え、ほんと？」

アケミは目を丸くした。

「うん。他にも二年生の女の子がされているのも見たことある」

セキさんは胸を張った。

「それでどうしたの？」

アケミは胸がどきどきしてきた。頭を撫でられた自分もいやらしくなったような気がした。

「周りの子たちが、『きゃあ、やらしぃ』って騒いだら、『どうして。どうしてだよ』っていいながらにやにや笑ってた。あの先生、女の子を見ると抱きつくんだよ」

「アケミちゃんは平気？」

シゲコちゃんが聞いた。

「うん。帰るとき頭を撫でられたけど」

アケミはぽつりといった。

「ああ、よかったねえ」

シゲコちゃんはセキさんと顔を見合わせて、何度もうなずいた。

「今度から先生にいわれても、手伝ったりしちゃだめだよ」

シゲコちゃんにいい渡されて、アケミはうなずいた。そこへ先生が入ってきた。シゲコちゃんとセキさんは、意味ありげにうなずき、何事もなかったかのように算数の教科書を開いた。

学校からの帰り道、いつ先生が後からくっついてくるか心配で、何度も何度も後ろを振り返った。後ろから抱きつかれたりしたらもう大変だ。

「わーっ」

アケミは小さな声を出しながら、大急ぎで家に帰った。家に帰ると父と母がじっと見合っていた。また喧嘩をしたのかと思いながら、机のところにランドセルを置きに行くと、母が、

「ちょっと、アケミちゃん。聞いて。パパが急に引っ越すっていうの。どうする？本当に困るわ」

と顔をしかめた。

「別にいいよな。今度はもっと広いところに住むぞ」

母とは違って、父はにこにこ笑っていた。

「だからっていったって、急にそんなことをいわれても困りますよ。いつも自分勝手

なんだから」

母の文句には答えず、父はアケミのほうを向いて、

「いいよな、引っ越し。アケミだって自分の部屋が欲しいもんな」

という。

「うん」

アケミはうなずいた。

「ほーら、みろ。アケミは引っ越したいっていっている」

「何いってるんですよ。そりゃあ、広いところに住んで自分の部屋が欲しいかっていわれたら、うなずくに決まってるじゃないですか」

タロウは買ってもらったアメリカ製の車のおもちゃを動かしながら、父と母の周りをぐるぐると回っていた。

「な、タロウも広い家のほうがいいよな」

「うん」

タロウもうなずいた。

「だから、子供相手にそんなことを聞かないの。どうして我慢っていうことを知らないのかしらねえ。学校のこととかいろいろとあるんですよ。アケミだって学校を変わ

らなくちゃならないんだから。父親だったらそういうことも考えてもらわないと」

「わかったよ、やめりゃいいんだろ。やめれば」

父はぷいっと家を出てしまった。

「全く、何を考えてるんだか」

母は急にあちらこちらを片づけはじめ、いつもはそんなことはしないのに、テレビ掛けのフリンジや、自分が編んだ白いレース編みのテーブルセンターを整えたりしはじめた。アケミは自分の部屋ってどんなふうなんだろうかと、ちょっとうれしくなってきた。

私もおどろきました

それから先生に用事を手伝ってといわれても、アケミは、
「ピアノの練習があるので」
といってずっと断り続けた。「ツケベ」という言葉が頭の中をぐるぐると渦巻き、先生とは仲よくなってはいけないのだと固く心に決めた。もともと先生のことは好きでも何でもないので、用事を断っても何ともなかった。とにかくそばに行ってはいけないのだと、そればかりを考えていた。「週刊マーガレット」や「週刊少女フレンド」が創刊されて、アケミはやらなければならないことが増えた。まず雑誌を最初っから最後まで見なくてはならない。きれいな絵を写しとる枚数も多くなった。何枚も絵を写しとり、うっとりと見つめたあと、しわにならないようにそーっと机の中にいれた。

「ツケベ」な先生に関しては、シゲコちゃんが逐一、

「隣のクラスの子にまた後ろから抱きついたらしいよ」

と報告し、そのあとはアケミの目を見て、黙ってうなずいた。彼女の目は、「ね、私のいったことは本当だったでしょ。だから先生のそばにいっちゃだめだよ」といっていた。

「先生の手伝いはもうやらないよ」

そういうとシゲコちゃんは、ほっとした顔をした。

ピアノのレッスンは相変わらず頭打ちだった。完璧ではない間抜けた和音がいつもアケミをがっくりさせた。いくら手の平を開いてみても、これ以上は大きくならない。

（小さいままだったら、ずっと音が抜けたソナチネを弾かなくちゃいけないじゃないか）

アケミはグー、パー、グー、パーと繰り返しながら、何とかしてオクターブがゆうに届く手の大きさにならないものかと願っていた。春休みを目前にした、もうすぐ三学期も終わろうという日、学校から帰ると、いつになく父はご機嫌だった。

「よお、アケミ、お帰り」

ふだんはそんなことなどないのに、アケミに向かって片手を上げてにこっと笑った。

何か様子がおかしいとちらりと母のほうを見ると、父と相反して怒っているようだった。

「おい、引っ越すぞ」

父は明るい声でいった。

「ふーん」

ランドセルを机の上に置くと、背後から、

「すっごくかっこいい家だぞ。庭も広くて砂場もあるし、これでアケミも自分の部屋が持てる」

自分の部屋が持てるという言葉を聞いたとたん、アケミは目の前がぱっと明るく開けたような気がした。クラスのお金持ちの子の家にいくと、必ず自分の部屋があった。今のアケミのように、机の後ろを、お盆や洗濯物を持った母が、うろうろするなんてことはないのだ。

「ほんと?」

「ああ、本当だ。庭でドッジボールもできるぞ」

それは嘘だとアケミは思った。そんな家に住んでいる子なんていなかったからである。それでも広い家に住めるのはうれしかった。「どうして何の相談もなく、勝手に決めるんですか」

　母はやっぱり怒っていた。

「学校のこととか、いろいろあるんですよ。自分勝手にそんなことをして……」

「うるさいなあ。ちゃんと考えてるから前は止めたんだ。タロウは四月から小学校でちょうどいいじゃないか。アケミはまあ、ああいう子だからどこでもうまくやっていけるだろ。引っ越すのは隣の駅だから、遊びに来たければ来れるし。タロウのことを考えたら、今がいちばんいいんだ。小学校の低学年で転校するほうが、よっぽどかわいそうだ」

「それだったら家を建てるつもりで、貯金をちゃんとして……」

「うるさいな。借りるのがいちばん面倒くさくなくていいんだ」

　父の剣幕に押されて、母は黙った。

「ふふーん、ふふーん」

　父は鼻歌を歌いながら、家の中を歩きまわっていた。アケミは母に、

「ねえ、どんな家なの？　どこ？」

　母は今の最寄り駅よりも、ひとつ新宿寄りの駅の名前をいった。

「駅から五分くらい。広くてきれいな家よ」

本当だったのだ。自分も広くてきれいな家に住めるようになったのだ。頭の中には漫画の中に登場する、かわいらしくてお金持ちのお嬢さんの姿がうかんできた。この家に生まれてきてよかったかもしれないと思った。

「いつも相談しないんだから……」

母はいつまでもぶつぶついっていたが、アケミはそんなことを聞いていなかった。とにかく自分の部屋が持てる。それだけがうれしかったのである。

引っ越すことが決まったあと、母がピアノのレッスンに一緒についてきた。先生は、

「あら、突然ですねえ」

と驚き、アケミを隣に座らせた母は、ひどく恐縮していた。

「そこで、おうかがいしたいことがあるんですが」

「何でしょうか」

「あのう、アケミはピアニストになれる可能性はあるんでしょうか」

こんなことを聞いて済みませんという雰囲気を漂わせながら、母は聞いた。

「えっ」

先生はびっくりしたような顔で目を丸くした。そして、

「無理ですね」

と即座にいい放った。

「は」

母は目をぱちぱちさせながら、じっと先生の顔を見ている。

「あの手の大きさではまず無理ですね。楽しみで弾く分には全く問題がないですけれど」

帰り道、母は無口だった。家に帰ると父にそのことを報告した。

「うーむ、そうか……」

父もがっかりしている。

「どうしたの」

アケミがたずねると、もしもアケミがピアニストになれる可能性があるのだったら、引っ越すのをいい機会に、著名な先生のレッスンを受けさせようと思っていた。今のピアノは父の知り合いの娘さんがピアノをはじめるので、譲って欲しいといわれていた。そうなったら、ちゃんとしたいいピアノに買い換えようと思っていたというのである。アケミは、突然、うちはお金持ちになったと思った。

「引っ越してもピアノのレッスンに行く？」

母が聞いた。アケミは首をかしげた。自分でもピアノは頭打ちだとわかっていた。

この手が大きくならない限り、ちゃんとした曲は弾けないのである。

「行かない」

「本当？　行かないの？　我慢しなくていいのよ」

「してない。ピアノ、あげちゃっていいよ」

ピアノはもういいやという気持ちだった。話はまとまった。引っ越しの前におじさんがピアノを取りにきた。何度も頭を下げてアケミにはおさげ髪の人形をくれた。その顔はアケミにそっくりだった。ピアノがなくなった家の中はとても広くなったようで、畳がそこだけ青いままだった。角にたまっている綿埃をタロウがつまんで、母に叱られていた。

引っ越した家は、今までアケミが見たこともないようなデザインの家だった。大家さんは出版社のえらい人だと母は話した。あまりに急だったのと、子供には選ぶ権利がないので、アケミがその家を見たのは引っ越しの当日だった。それは住宅地の奥に建った、平屋のコンクリート打ちっ放しの家だった。庭も父がいったとおり、ドッジボールのコートが作れるほどの広さがあり、広い花壇と砂場があった。大きな門があり、そこを入って左に行くと、平たい石で道が作ってあり、玄関があった。玄関にはこれまた見たことがない、洒落たランプがついていた。中に入ってびっくりしたのは、ドアの横に外が見えるガラスがはめこんであることだった。玄関から外は見えるのに、外から見るとそこの部分は鏡になっていて、屋内は見えないようになっていた。アケミは何度も出たり入ったりして、首をかしげた。

「それはマジックミラーよ」

母は荷物を開けながらいった。そんなものは見たことがなかった。玄関を入ると左側に洗面所、タイル張りの風呂場、トイレがあった。トイレを開けると座って用を足す洋式だったのでまたびっくりした。洋式のトイレに慣れると、椅子に座っているときに絶対にもらしてしまうに違いないと、アケミは信じていたのである。天井を見上げると、そこはガラス張りになっていて、空が見えた。

右側には広々とした和室があった。廊下をまっすぐにすすむと、板の間のだだっぴろい部屋があった。ものすごく広かった。壁に沿って造りつけの棚があり、その奥にはこれまでの台所と違う、アメリカのテレビ番組で見たような、お洒落な台所があった。和室以外には襖が全くなく、庭に面した部分は全部、天井から床までの大きな素通しのガラス戸になっていた。これまた和室以外の室内は、コンクリートがむきだしになっていた。

「どうだ、いいだろう」

父は胸を張った。

「うんっ」

大きな声でアケミは返事をしたが、今までのこまこました家の作りとは違い、板の間でだだっぴろい部屋に、どうやって住むのだろうかと心配になってきた。何だか体育館のような家だった。

父は仕事机を板の間の部屋に置き、仕事の道具をずらりと並べ、満足そうだった。机の上には妙な形をした鉄の道具があった。それは小切手というものに押して、数字の形の穴を開けるもので、

「これは大切な物だから、絶対に触っちゃいけないよ」

と父に釘を刺された。とりあえず和室がアケミの部屋になった。ちょっと自分がイメージしていたかわいい部屋とは違い、拍子抜けしたがいちおう部屋がもらえたということで、アケミはうれしかった。

「自分の荷物はちゃんと自分で片づけなさい」

母にいわれて段ボール箱を開けると、これまで一生懸命に写しとってきたトレーシングペーパーが、ぐちゃぐちゃになっていた。

「あちゃー」

しわを伸ばそうとしてみたが、元には戻らずアケミはそれをとっておくのをあきらめて捨てた。トレーシングペーパーがそうなったことよりも、こういう家に引っ越したことのほうが、ずーっとうれしかったのである。

アケミは家から十分ほど歩いたところにある小学校に転校し、タロウも一年生になった。四年二組のみんなの前で紹介してもらい、ぺこりと頭を下げた。席につくと後ろに座っていた男の子が、

「お前んち、どこ？」

と聞いた。住所をいうと、

「あそこは昔っからお屋敷が多いんだ」

といった。そして、

「おれんちはタカハシ。駅前のトビだ。あるだろ、菓子屋の横だよ」

と聞きもしないのに教えてくれた。

「ああそう」

といったものの、鳶という言葉がわからず、家に帰ったら母に聞いてみようと思った。初日、アケミの後ろにはぞろぞろと十何人の同級生がついてきた。子供たちを引き連れて帰ってきたのを見た母はびっくりして、

「学校からそのまま来たの？　大丈夫？」

といいながら、ちり紙にクッキーをのせてみんなに配っていた。みんなが口々に、「かっこいー」「でけえ」「広い」「きれい」と褒めるのを耳にして、アケミはとってもうれしかった。彼らはいちおう室内を点検し、おやつをもらうと帰っていった。

「初日からあんなにクラスの子を連れて来るとは思わなかった」

晩御飯もちゃぶ台からダイニングテーブルに変わっていた。父は、

「そりゃあそうだろう。誰だってこの家には友だちを連れて来たくなるさ」

彼はずっと機嫌がいい。

「違うよ。誘わなかったのに、勝手についてきたんだよ」

「そうかあ」

父はアケミの言葉を信用していないようだった。

「ねえ、トビってなあに？」

「どうしたの」

「後ろの席の子の家、トビなんだって。駅前の」

母は、

「へえ、そんな粋な商売の家の子がいるんだ」

と鳶が何かを教えてくれた。

アケミは「かっこいい家に住んでいるお金持ちの子」というイメージになっていた。父が出かけるとアケミとタロウのために、お洒落な服を買ってきてくれた。母のためには見たこともないようなきれいな布地をたくさん買ってきた。母はそれで何着もスーツやワンピースを縫っていた。しかしアケミは、こういう家に住んでいながら、みんなが寝るのがベッドではなく、前の家から持ってきた布団だというのが、

（どこか違う）

と思っていた。かっこいい家に住んでいる人は、ベッドに寝ていなければならない。朝御飯もコーンフレークが出るようになった。アメリカ人になったような気がした。しかし寝ているのは母が縫った古くさい花柄や、母の着物をほどいて作った渋いピンク色の布団である。それは明らかに家には合わなかった。布団に関して父が文句をいわないのが不思議だった。アケミはともかく、板の間に布団を敷いて寝ている両親とタロウの姿はやっぱり変だった。

あるとき、母親が何冊ものスタイルブックを父にみせて、何事かやっている。

「どうしたの」

アケミが聞くと、

「雑誌に出てくれって頼まれちゃったの。大家さんに」

とちょっと困った顔をした。大家さんの勤めている出版社では有名な婦人雑誌を出していて、何人かのお母さんと都の教育長と話をしてほしいといわれたというのだ。

「写真も撮られるから、ちゃんとした服を着ないといけないのよねえ」

その横で父親は、仕事をそっちのけで、女の人がポーズをとっている本のページをめくり、

「これがいい」

と指さした。胸で切りかえになったワンピースの上に、短いボレロがセットになっているスーツだ。

「初夏なんだから、ここの上半身のところを白にするんだ。あとは無地じゃなくて柄がいいな。よし、明日、生地を買ってきてやる」

彼はものすごく張り切っていた。母親はいわれるまま、

「はい、はい」

とうなずいていた。翌日、学校から帰ると母親がテーブルの上で布地を広げていた。

「うわあ」

思わずアケミは声を上げた。しゃりっとした感触の布地は、白地にピンクと薄い紫

の花が筆で描かれたような柄で、見たこともない白いレースも置いてある。こんなにきれいな布地は、駅前の生地店なんかでは見られない。

「これ全部フランス製なの。失敗しないように作らなきゃいけないからドキドキしちゃうわ」

そういいながらも彼女はうれしそうだった。父親は、どうだというように満足そうな顔をしてふんぞり返っている。ちょっとずつアメリカ人になっていくような気がしてきた。

家に帰ると庭に大工さんがいる。何してるのと聞こうと、台所にいる母の顔を見ると、また怒っていた。また何かあったなとアケミは直感した。

「パパがアケミの部屋を建てるっていい出したの。そんなものいらないのに……」

ぶつぶつは延々と続いた。アケミは自分に関することでもあり、母の顔を見たらうれしいと手放しでは喜べず、心の中では、

(うふふ)

と喜びながら、母の前では、

「ふーん」

とちょっと困ったぞといったような顔をしておいた。母が何だかんだといっても、

プレハブの家が立った。八畳くらいの大きさだった。室内はクリーム色で赤と白のチェックのカーテンがかかっている。

「ほーら、どうだ」

父は胸を張った。アケミは母の顔を横目で見ながら、喜んでいるという意思表示をした。母はため息をついてその場から姿を消した。

家に関しては不満はなかったが、学校では大変なことが起こっていた。これまでアケミは勉強をしなくても、成績はとてもよかった。勉強なんてちょろいものだった。そしてそのつもりで転校したら、とんでもないことになった。クラスのみんなが、ものすごくできるのである。先生が問題を出し、

(これがわかるのは私一人だわ)

と自信満々で手を挙げると、クラスのほとんどの子が手を挙げる。それを見てまず驚いた。前の学校ではそんなことはなかったからである。そして次に驚いたのは、自分の答えが間違っていて、彼らの答えが合っていたことだった。それまでアケミが手を挙げたら、答えが間違っていたなんていうことは一度もなかった。百回手を挙げたら、百回正解していたのだ。ところがこの学校では違った。授業はどんどん進み、みんな、

「はいはい」

と勢いよく手を挙げて答えを間違えない。それを見たアケミは、これまでピアノも学校の先生以上に弾けて、勉強ができる天才といわれた自分が、ただの子供になったのを悟った。間違っていると困るので、なるべく授業中は手を挙げないように、目立たないようにしようと決めた。こんな状態でそのうえ無責任男みたいになったら、とんでもないことになると、アケミはちょっと反省した。そんなときシゲコちゃんから手紙が来た。

「キノシタさんがてんこうしたときいて、とてもおどろきました」

と書いてあった。それを読みながらアケミは、

「私もおどろきました」

とつぶやいた。

給食費を小切手で

アケミは食事、トイレ、風呂は母屋で済ませ、あとはプレハブで過ごした。とにかく自分一人の部屋が持てたので、最初はうれしくてたまらず、学校から帰るとすぐに机の前に座った。苦手な算数もどんどんできるような気がしたが、実際にやってみると頭の働きのほうは昔と変わらず、やっているうちにいやになってきた。だんだん勉強をやってもやらなくても、同じような気がしてきた。自分は前の学校とは違って、目立たない子としての人生を歩むことにしたのだ。前みたいにみんなのお手本として当てられ、正しい答えをいい、担任の先生よりも上手にピアノやオルガンを弾いて、びっくりされるような生徒ではなくなったのである。それでいて悔しいとは思わなかった。褒められる機会がなくなったのは残念だが、目立たなくしていればクラスメー

トにやっかまれることもない。

「ま、いいか」

と思いながら、毎日、学校に通っていた。

転校した学校では、同級生の女の子たちの悪口がものすごかった。ボスみたいなのが数人いて、彼女たちの下にはいいなりになる女の子たちが三人から四人くらい集まっていた。ボスがある女の子の悪口をいうと、手下は、

「そうよ、そうよ」

と口を揃えて罵った。ちょっとかわいい服装とか、ヘアスタイルをしていくと、ボスが、

「なーに、あれ。気取っちゃってさ」

と聞こえよがしにいう。すると手下が口を揃えて、

「そうよ、そうよ。気取っちゃってさ」

というのだ。アケミが転校してすぐ、それぞれのボスが時間差でアケミに話しかけてきた。どことなくみんなとはなじめなかったので、みんなと分けへだてなく同じように話をしていたら、アケミが入れるようなグループはどこにもなくなっていた。

クラスにはどこのグループにも入れてもらえないタカノさんという女の子がいた。

勉強もできず顔も不細工でとても無口だったが、家はその辺りに大きな土地を持つ農家で地主さんだった。学校の行き帰りに、大きな木に囲まれた彼女の家の前を通っていた。彼女はクラスではとても無口なのに、転校してきたアケミには熱心に話しかけてきた。それも放課後、家に帰る途中で、あたりをきょろきょろしながらクラスのみんなの目に絶対にふれないところで、

「ねえ、キノシタさん……」

となれなれしく肩に手を置いてくる。学校とは全く違う態度の彼女に驚いた。

「なあに」

と答えたアケミに彼女は、

「うちに遊びに来ない。うちには何でもあるのよ。この間、こんなに大きなお人形も買ってもらったの。グランドピアノもソファもあるのよ。そしてね、こんな大きなスピッツもいるの」

と自慢した。そして、

「えへへへ」

と笑った。耳の真ん中あたりでぶっつりと切った、毛の多いおかっぱ頭をゆすり、すきまだらけの歯をむきだすのを見て、アケミはちょっといやだなと思ったが、家に

あるものには興味があった。

「うん、いいよ」

歩いているとタカノさんは、手を握ってきた。アケミはあわてて手をひっこめた。

仲よしでもないのにこんなことをしてくるなんて、とまた驚いた。彼女の家は古いが、本当に大きかった。農作業をしていたのか、もんぺを穿いた腰が直角に曲がったおじいさんとおばあさんが、鋤や鍬を手にして帰ってきた。

「こんにちは」

ランドセルを背負ったアケミが頭を下げると、二人は、

「あー」

といってお辞儀をしたが、それだけだった。タカノさんは自分だけ部屋の中に入り、縁側に仁王立ちになり、

「うち、大きいでしょ。クラスでいちばん大きいうちなの」

と自慢した。たしかに引っ越したアケミの家よりも、はるかに大きかった。大きいけれども薄暗い彼女の家に入るのは、何となく気乗りがしなかった。彼女が家に入れといわないのが幸いだった。

「ねえ、グランドピアノは?」

アケミは室内をのぞき込んだ。

「うーん」

彼女はいいよどんだ。

「ねえ」

「うーん」

急にもじもじしはじめた。

「今、いとこに貸してるから、うちにはないの」

あんなもの簡単に貸せるかと呆れながら、アケミはまた、

「スピッツはどこ？　スピッツは？」

相変わらずタカノさんが黙っているので、きょろきょろと庭を見てみたら犬小屋がある。ここにいるのかと走り寄ってみたら、中で寝ていたのはぼろっぼろの茶色い年とった雑種の犬だった。

「ねえ、スピッツは？」

しつこく聞くアケミに、タカノさんはしばらく黙っていたが、

「スピッツは病気だから、奥で寝てるの。お医者さんが絶対に誰にも見せちゃいけないっていったの」

といった。アケミは心の中で、

（うそつき）

とつぶやいた。自分もついたことはあるけれど、そんなことはころっと忘れて、アケミはタカノさんに怒った。

「帰る」

そういって入り口から玄関までものすごく距離のある彼女の家を後戻りした。途中、振り返ってみたら、タカノさんは縁側で仁王立ちになったまま、アケミのほうをじっと見ていた。

それからアケミもタカノさんとは話をしなくなった。向こうからも話しかけなくなってきた。女の子たち同士の服装やヘアスタイルのやっかみや悪口はアケミをうんざりさせた。アケミも父が買ってくれた洒落た服を着ていったら、

「何よ、すかしちゃってさ」

と聞こえよがしにいわれた。グループの女の子たちも、うなずきながら、

「そうよ、そうよ」

とアケミのほうをにらみつけていた。

それに比べて男の子たちとのつき合いは楽だった。彼らは自転車に乗って町内を動

きまわっていた。あるときはものすごく広い赤土の山がたくさんある場所で戦争ごっこをやったり、近所の林にいって虫を採ったりしていた。学校にいるときはほとんど話をしないのに、転校の挨拶をした初日にやってきた子たちが、自転車で徒党を組んで突然、遊びに来たりした。約束なんてしていないし、特別に仲もよくないのに、どうしたんだろうかとアケミが首をかしげていると、小声で、

「腹が減った」

という声が聞こえた。母親は笑いをかみ殺しながら、もらいもののクッキーやせんべいを、遊びに来た男の子全員に配った。彼らは目を輝かせて、

「おばさん、どうもありがとう」

と元気よく挨拶をすると、ポケットにお菓子を突っ込み、アケミに、

「じゃあな」

といって自転車をこいで、あっという間に帰っていった。

「じゃあなって……。いったい何さ」

わけがわからなかった。ただ彼らはうちにおやつをもらいにきただけではないか。それでも男の子はお菓子をあげればすぐに帰るので、アケミがどんな服装をしてもヘアスタイルをしても、悪口をいわれることもなく、こっちのほうがずっとましだ。母

は、

「こんなに男の子に人気があると思ったら、別にお目当てがあったのね」

とくすくす笑い、アケミをとても不愉快にさせた。

アケミはどうしてうちがこんなにお金持ちになったのか、わからなかった。こういう状態がずっと続くのかも知れないとうっとりする反面、いつ何時、前のような狭い家に戻るかわからないぞと思ったりもした。父親はお金が入ると全部遣ってしまう。

「ねえ、どうしてこんな家に住めるの？」

母に聞いた。父に聞いても納得するような答えは返ってこないのがわかりきっていたからであった。

「仕事がたくさんくるようになったのよ」

母はうれしそうでもなく、当然、いやそうでもなく、さらっといった。何でも世の中の会社が宣伝や広告にお金をかけるようになったので、うちのような一人でやっているところにも仕事がくるようになったらしい。たしかに父は毎日、仕事をしていた。前の家にいるときと大違いだった。外に出かけるとアケミにもタロウにも外国の本や雑誌を買ってきてくれた。家族の着る物がみるみるうちによくなってきた。特にフランス製の母親のワイン色と紫がまじったような冬のワンピースは、アケミをうっとりさせた。それはすべて父が買い揃えたものだ。パジャマは家族おそろいのシルクになった。おまけに母が載った雑誌を見た人がいて、母も近所では有名人になっていた。買った車はホンダのスポーツカーだ。アケミはただ目立たないようにとそれだけを考えて、こんなことが知られたら、同級生の女の子たちに何をいわれるかわからない。アケミはただ目立たないようにとそれだけを考えて、自分が標的にならないようにした。

勤め人でもなく、商売をしているわけでもないアケミの家は、悪口をいう女の子たちにも想像ができないらしく、目立たない格好をしていれば、悪口をいわれることはなかった。とにかく何か目立つことをすると、悪口の嵐になる。ある日、給食費を持っていくので渡しておいた封筒を母からもらうととても軽い。中を調べてみると、そこには小切手が入っていた。みんなにみせることはないけれど、とにかく目立つのは困る。

「これ、やだ」

「やだっていってもしょうがないじゃないの。パパがそうしたんだから。ママはパパからお金をもらってやりくりしてるから、手元にお金がないのよ」

母は不満そうな顔だ。お金持ちになっても母の財布の中は前とかわりがないようだった。アケミはしぶしぶ封筒をランドセルに入れて学校に行った。給食費は一人一人、授業がはじまる前に担任の女の先生に手渡すことになっていた。封筒を渡したとたん、彼女はおやっという顔をし、中をのぞいた。そして小切手をつまみだし、

「ほら、みんな、ちょっとこっちを見て。これが小切手というものですよ。見る機会はなかなかないから、よーく見ておきなさい」

と腕を伸ばしてみんなによーく見えるようにした。

（あちゃーっ）

アケミは頭を抱えたくなった。

「これがお金の代わりなんですよ。ここに金額が打ってあるでしょう。これを銀行に持っていくとお金に換えてくれるんですよ」

先生は身を縮めて座っているアケミに向かって、

「キノシタさんのおうちでは、小切手を使っているのね」

とにっこり笑っていった。

「はい」

ふだんの買い物には、もちろん普通のお金を使うが、どこかに支払いのために父が何枚も小切手を切っている姿を見ていた。

「先生」

一人の男の子が手を挙げた。

「小切手はどういう人が使うんですか」

「そうねえ」

先生は考えていたがちょっと笑って、

「お金持ちの人ですね」

といった。

「すげー」

みんなそういいながら、アケミのほうを見た。

(あちゃー)

とにかくみんなの注目を浴びたくなかった。ますます体を縮めて座っていた。

一時間目の授業が終わった休み時間、男の子たちからこっそりとゴリと呼ばれている、女の子のなかでいちばん意地悪な子が手下を引き連れてやってきた。

「キノシタさん、あんたのうちに大きな船の模型、ある?」

父の仕事コーナーの棚のところに、外国製の帆船の小さな模型はあった。

「どのくらいの?」

アケミは小声で聞いた。

「こんなの、こーんなに大きいやつ。こーんなに、こーんなに大きいの」

彼女はアケミの目の前で両手をめいっぱい拡げてみせた。

「ないよ」

それを聞いたゴリはふふんと薄笑いを浮かべ、

「それじゃあねえ、きれいなかわいい花がたくさーんついている帽子は？　赤くてかわいいの。そういうの、あんた持ってる？」

「ないよ」

また彼女はうれしそうににやっと笑った。

「じゃあさ、あんたんち、布団、どんな柄、厚さ、どのくらい？」

そんなふうにいわれても、急にはこたえられずにどぎまぎしていると、

「うちのふとんは、こーんなに厚くて、ふっかふかでこーんなに大きな花柄なの。いいでしょう」

ゴリはそれだけいうと、自慢げにつーんとすまして手下を連れて歩いていってしまった。

「……」

あっけにとられているうちにチャイムが鳴り、二時間目の授業がはじまった。

学校から帰ると、母親がぶつぶつと文句をいっていた。住む家が広くなっても彼女の態度はほとんど前と変わらない。何をぶつぶついっているのかと思ったら、テルノおばあちゃんが来るという。おばあちゃんは父親のお母さんで、タロウはどうだかわからないが、アケミはどうも好きになれなかった。それは母親がきらっていたからかもしれない。記憶では二度会ったことがあり、そのたびにお小遣いをくれる。お菓子もくれるのだが、それはタンスの中に隠してあったらしく、樟脳くさくて食べられたものではなかった。これまでは泊まらずに帰っていったが、母親の話によると泊まっていくらしい。そのあとに続けて、

「ずっといるようになるかもしれない」

と暗い顔になった。

「ずっといるって、ここで一緒に住むの？」

母親は黙ってうなずいた。

「やだー、そんなの」

「こら、パパの前でそんなことをいうんじゃないのよ。パパのお母さんなんだから」

あんただってきらいじゃん、と母親にいってやりたかったが、それは口には出さなかった。

「ねえ、どうしてずっといるようになるかもしれないの」

「仲が悪いの。伯母さんと」

おばあちゃんは伯父さんの家に住んでいたが、伯母さんとても仲が悪いという話は、両親の会話を漏れ聞いて知っていた。だからといってうちに来ることはないじゃないか、とアケミは絶対反対の態度をとった。

「おばあちゃんは、末っ子のパパをものすごくかわいがっているからねえ。未だにお小遣いをあげるっていうんだから」

母親はまるで友だちに話すようにアケミにいった。いちばんいいのは、たっぷりお小遣いをくれてさっさと帰ってくれることだったが、不思議とこのおばあちゃんからお小遣いをもらっても、あまりうれしくなかった。怒られもしないし、どちらかというとタロウともどもかわいがってくれるのにだ。おばあちゃんが家に来るとわかっても、父親も特別うれしそうにしていなかった。ふだんと全く変わりがない。

「パパだって喜んでないみたいなんだから、おばあちゃん、来なくてもいいのにね」

「ああいうふうにみえてもね、本当はうれしいのよ。だからおばあちゃんの悪口はいっちゃだめ」

家が広くなって喜んでいたのに、こういうことも起こる。

「とにかく伯母さんと仲よくなって、おばあちゃんがうちに来ませんように」

アケミはそればかりを祈っていた。

テルノおばあちゃん

伯父さんの家に父親が車で迎えに行って、日曜日の午後、とうとうテルノおばあちゃんがやってきた。彼女は茶色の風呂敷包みを右手にぶらさげて、どっこいしょと車を降りた。こげ茶色の着物に薄茶色の羽織を着ていた。アケミの母親の荷物など持ったこともないのに、父親はおばあちゃんの茶色のボストンバッグを持ってあげていた。アケミとタロウはリビングのカーテンのひだの中に身を隠し、車が停まった庭の様子をうかがっていた。

「こら、あんたたち、何やってるのよ」

母親がやってきて小声で怒った。

「けけっ」

タロウがうれしそうに笑った。彼はただかくれんぼをしているようなつもりなのだ。

「出てきなさい。おばあちゃん、来たわよ」

母親は大きくため息をついて玄関に歩いていった。

ドアが開いて二人が入ってきた。

「いらっしゃい。どうぞお入り下さい」

母親が頭のてっぺんから声を出した。口元は笑っていたが目はぜんぜん笑っていなかった。いちおう大人としては、ああいう挨拶をしなければならないようだ。

「まあ、大きなハイカラな家だねえ。わたしはなじめないよ」

来たそうそう文句をいった。でも、

(なじめないということは、早く帰るっていうことかな)

とアケミはちょっとうれしくなった。荷物を和室に置き、父親が家の中を見せた。

庭のプレハブがアケミの部屋だとわかると、

「ぜいたくだ、ぜいたくだ」

としつこいくらいに繰り返した。百万回文句をいわれた。アケミはそれを無視しながら、

(とっとと帰ればいいのに)

と思った。おばあちゃんはいつも文句ばっかりいっている。「テレビやマンガは見るな」「勉強しろ」と口うるさく、母親にはちっちゃいチリを見つけて、ちゃんと掃除をしろと怒ったり、人に嫌われることばかりした。会って間がないのにこんなに腹が立つのに、ずっと一緒に住んでいたら、喧嘩になるに決まっている。伯母さんが気の毒だった。広いリビングを見れば「掃除が大変そうだ」、台所を見れば「こういうところで作った料理はまずいに決まっている」、洋式便所を見れば「こんな便所は使えない」とだだをこねた。そのたびに母親のこめかみはひくひくし、父親は黙っていた。

「お疲れでしょうから、お茶でもいかがですか」

ダイニングテーブルの上にはお茶と、小皿に載ったきれいな和菓子が置かれていた。いつの間にか母親が買ってきていたらしい。

(私に教えるとすぐに食べるっていい出すから黙ってたな)

アケミはちらりと母親のほうを見た。

「はあ、でも椅子に座って物を食べるのは……。兄さんの家ではずっとちゃぶ台だったし」

布地の問屋をやっていた伯父の家は、まだすべてが和式の生活だった。

でもおばあちゃんの目は皿の上の和菓子に釘付けになっていた。彼女は和菓子に目がないのである。

「この家にいるんだったら、こういうことにも慣れてもらわなくちゃ困るんだ。兄貴のところとやり方が違うんだから」

やっと父親が怒った。

「そんなことをいわなくても」

母親が間に入った。おばあちゃんが来るのがいやなはずなのに、大人というものは本当にわかりにくい。

「そうだ、炬燵があった。あれを出せばいいわ。ね、お義母《かあ》さん、そうしましょう」

彼女はそういいながらじーっと父親のほうを見た。彼は相変わらず困った顔をしている。アケミはタロウの耳元に、

「さっさと食べちゃおう」

とささやいて、二人でさっさと椅子に座り、和菓子を食べようとしたら、

「何やってんの。あんたたち」

ものすごい母親のかみなりが落ちた。

「お客さんが手をつけていないのに、どうしてあんたたちが先に食べるの」

ばしっぱしっと手を叩かれた。

「ひどいことをするねえ。ミチヨさんだってそんなことはしないよ」

ミチヨさんというのは、伯母さんの名前である。

「うちはこういうやり方なんです」

母親はつんとしていった。どよーんとした雰囲気になった。

「わかりましたよ。おばあちゃんがここで食べないと、あんたたちが叱られるんだよね。かわいそうに、痛かっただろう。おや、赤くなってるじゃないか。おばあちゃんはあんたたちのお父さんに、手を上げたことなんか一度もないよ」

おばあちゃんは椅子に座り、お茶を入れ替えるといった母親を無視して、お茶をすすった。そして満足そうに和菓子を食べた。あっという間に食べ終わったかと思うと、

「そうそう、忘れてた。おみやげがあるんだよ」

とことこと和室に戻り、ピンクと白の包みを、それぞれアケミとタロウに渡した。

ぷーんと樟脳の匂いがした。いつも同じだ。

「お菓子だよ。もらったものをあんたたちのために隠しておいた。あとで食べなさい」

おばあちゃんから何をしてもらっても、うれしくはないのだが、いちおうは、

「ありがとう」

とお礼をいった。

いつまでもおばあちゃんがごねていたのは、洋式トイレだった。

「こんな便所では出るものも出ない」

と悩んでいる。それはアケミもそうだった。椅子と同じような格好で用を足さなければならないので、椅子に座っていたら、どこでもしてしまうのではないかと不安でたまらなかった。でも実際はそうではなく、ちゃんとその場に応じて体は反応してくれたのである。アケミはおばあちゃんが、洋式便所だけは我慢できないと、伯父さんの家に帰ってくれるようにと、それだけを祈っていた。

(とにかく早く帰ってくれますように)

おばあちゃんがいるだけで、家の中の雰囲気が変わる。母方のモモヨおばあちゃんのほうが、テルノおばあちゃんに比べてずっと厳しかった。お菓子もお小遣いもくれないし、アケミたちが親に口答えしようものなら、親より先に手がとんできた。でもアケミはもちろん、タロウもモモヨおばあちゃんのほうがずっと好きなようだった。でもそれが証拠に、モモヨおばあちゃんには自分から話しかけるのに、テルノおばあちゃんには話しかけられるまで、声をかけることがなかったからだった。どうしてかといわれてもわからないが、テルノおばあちゃんは虫が好かなかったのである。

しばらく揉めていたが、おばあちゃんは昼寝をするといって、和室に入っていった。母親は布団を敷きに行って、戻ってくると、父親の姿がないことを確認しながら、

「ちょっと、さっきのお菓子。出しなさい」

と小声でいって、アケミとタロウの手からお菓子を取り上げた。そしていつものようにくんくんと匂いをかぎ、

「一度、ちゃんといったほうがいいのかしらねえ。でもせっかくあんたたちのために取っておいてくれたんだし。でも食べられなくちゃしょうがないし……」

中には砂糖を押した干菓子が入っていたが、今日のはいつにもまして樟脳の匂いがものすごく、食べられたものではなかったし、いったいいつの物か想像もつかなかった。

「捨てるからね。おばあちゃんに聞かれたら、おいしかったっていっておくのよ」

すべてが小声で命令され、アケミたちは無言でうなずいた。別に食べたい物ではなかったので、取り上げられても悔しくなかった。樟脳の匂いがするお菓子を食べろといわれたほうが、辛かったかもしれない。

「ねえ、おばあちゃん、いつ帰るの」

「知らないわよ、そんなこと」

母親は不機嫌だった。

晩御飯ができるのをプレハブの部屋で待っていると、おばあちゃんがやってきた。いったい何をしに来たのかと思ったら、ふところからヒモにとおした五円玉の束を持ってきて、

「これ、お小遣い。お父さんとお母さんには内緒だよ」

といって去っていった。きっとタロウももらったに違いない。この五円玉の束は、おばあちゃんと会うと必ずくれるものだった。お金はお金だったが、ひとつの束になった五円玉は、何だかとても臭かった。触るとねばねばしていて気持ちも悪い。いったいいくらあるのかと、

「五円、十円、十五円……」

と数えていくうちに面倒くさくなり、母親に、

「もらったよ」

といつものように正直に申告した。母親はまたかという顔をして、

「郵便局に預けておくわ」

とアケミと弟の分を回収した。父親が以前それを見て、

「相手が子供でも、そういうみっともないお金の渡し方はしないように」

と注意したのだが、おばあちゃんは聞く耳を持っていなかった。

夜の食事はおばあちゃんが参加したことでますます暗くなった。おかずひとつひとつに文句をつけた。「盛りつけ方が悪い」「こんなに一人ずつ、店の料理みたいにちまちま盛りつけられたら、堅苦しくてしょうがない」「頭がついた魚を皿に載せるときは頭が右だ」伯父さんの家では雇っている人にも食事を出すので、丼や大皿にどんと料理が載っていて、それを取り分けて食べるようにしていたのだ。魚の件に関しては、アケミは母親から教えられてもいたし、婦人雑誌の料理グラビアページも見ていたので、

「それは違うよ。頭は左だよ」

といった。するとおばあちゃんは、この子は何をいうかというような顔になった。

「いいや、右だ」

「左だよ。何いってんの」

アケミも意地になった。

「いいや、右っていったら右」

それを見ていた母親は、

「はいはい、右にすればいいんでしょ、右にね」

といいながら、おばあちゃんの皿を取り、くるっと魚の向きを変えて頭を右にした。

「はい、どうぞ」

おばあちゃんは口の中でぶぐぶぐと何やらいっていたが、箸を取って食べはじめた。アケミは食事をしながら、横目でおばあちゃんをにらみつけた。父親はその間中、おれには何も関係ないといいたげに、ずっとテレビの野球中継に釘付けになっていた。

お風呂から上がると、両親は揉めていた。聞き耳を立てていると、母親が、

「どうせ何をやっても気に入らないんだから」「孫に対してもああいう態度では」

と怒っていたが、父親のほうは、

「しょうがないじゃないか」

と繰り返すばかりだった。

「おやすみなさい」

アケミは何食わぬ顔をして、両親の前を通ってプレハブのドアを開けた。

月曜日の朝も揉めた。父親はまだ寝ていたが、アケミとタロウはコーンフレークを食べていて、おばあちゃんのために母親が御飯に味噌汁の朝食を別に作ったら、

「あたしだけ、のけ者にした」

といいだしたのである。

「そんなことするわけないじゃないですか」

母親が呆れると、

「おまけに味噌汁がまずい」

と文句をいった。おばあちゃんと揉めたくらいで、しくしく泣くような母親ではないので、いったいどうなるかと見ていると、

「同じのがいい」

とおばあちゃんはコーンフレークを指差した。

「あら、そうだったんですか」

母親がコーンフレークに牛乳をかけて出した。一口食べたおばあちゃんは、

「これは嫌い」

とうつむいて押し返した。母親はうつむいた彼女をじーっとにらみつけていた。二人とも無言だった。

「で」

しばらくして母親がどすのきいた声で聞いた。

「御飯にする」

おばあちゃんは小声でいい、目の前にさっきのメニューが並べられた。彼女は黙って御飯を口に運んでいた。

家を出るとき、アケミはタロウに、

「あんた、あのおばあちゃん好き?」

と聞いた。彼は首をかしげている。

「モモヨおばあちゃんとどっちが好き?」

「モモヨおばあちゃんっ」

元気よく彼は答えた。いちおう確認がとれて安心した。学校に行っている間は、おばあちゃんと顔を合わさなくて済むので気が楽だった。まだ一日しか経っていないのに、これからいったいどうなるのだろうか。アケミは自分の席の回りの子に、

「おばあちゃん、家にいる?」

と聞いてみた。家にいない子のほうが多かった。

「うちにおばあちゃんが来てるんだ」

アケミが事情を話すと、

「うちのお母さんもおばあちゃんと、いつも喧嘩してるよ」

という子がいた。

「ほとんど毎日やってるの。それでね、両方が私にお互いの悪口をいうの。それでね、私がね、『おばあちゃんがこういってたよ』って話すとね、またお母さんが『きーっ』って怒り出すの。面白いよ」

「ふーん」

そんなふうにしてまた騒ぎが大きくなるのは、うんざりだ。別の子は、

「おばあちゃんが大好き。お母さんやお父さんに叱られるとね、すぐにおばあちゃんの部屋に行くの。そうすると『おばあちゃんがかわりにあやまってあげるから』っていってくれて、お小遣いもくれるんだよ」

という。それはなかなかいいおばあちゃんである。タカノさんのおばあちゃんは、おじいちゃんと畑で働いていた。いろいろなおばあちゃんがいるものだ。

「モモヨおばあちゃんだったら、ずっといてもいいんだけどなあ」

アケミが思うようには、物事はうまくいかないのであった。

学校からの帰り道、家に帰ったらいなくなっていればいいなあと思っていたのだが、やっぱりおばあちゃんはいた。アケミの顔を見るなり、

「宿題はどうした。早くやりなさい。今日はいったいどんなことを習った？」

と後をくっついてきた。アケミは両親にも、そんなことはいわれたことがなかった

ので、うんざりしながら黙っていた。

「可愛くない子だねえ、あんたは」

怒ったような口調でおばあちゃんは自分の部屋に入っていった。それから毎日、アケミはなるべくおばあちゃんとは関わり合わないようにした。そうしないとずかずかとこちらに踏み込まれるからだった。毎晩寝る前には必ず、早く帰りますようにとお祈りした。そのお祈りの効果があったのか、一週間後、おばあちゃんは帰っていった。

「どうもこの家にはなじめない。おまけにあんたたちのお母さんの性格がきつくて怖い」

彼女はそうアケミにいって帰っていった。来たときのように父親が車で送っていった。

「さようならあ」

玄関先で手を振ったアケミたちの顔は、いつになく微笑んでいた。

東京オリンピック

今までは気がつかなかったが、アケミの周囲の景色はだんだん、きれいになっていた。前の家にいるときは道路に溝があって、そこでイトミミズを採って金魚にやったりしていたのに、ドブには水が流れなくなってからっからになり、木の葉や紙屑がたまった。雨が降ってもドブ臭いにおいが漂うことはない。蓋のついたゴミ箱もどこかに消えた。引っ越してきたこの地域には、もともとそんなゴミ箱などなく、お洒落な形の家が立ち並び、二軒隣の家にはお手伝いさんまでいた。

「何だかみんな、お金持ちになっていってるみたい」

アケミはうれしくなった。東京オリンピックがはじまる前に、国立競技場をテレビで見たが、選手が走るコースが土の色ではなく、濃いピンク色だったのでものすごくびっくりした。まるで日本の国にはないような建物だった。

「オリンピックになると、外国人がたくさん来るんだぞ。そういうときにはな、まずハローっていうんだ」

ワタナベくんがみんなの前で胸を張った。

「うちにも来るのかな」

テッちゃんが心配そうな顔になった。

「うーん、来るかもしんねえぞ」

「どうしよう。うち、だれも英語なんて話せないぞ」

「あら、英語がわかる人ばかりじゃないわよ。フランス語だってドイツ語だってあるじゃない」

クラスでいちばん小生意気な女の子が、したり顔でいった。テッちゃんは本当に自分の家に外国人が来ると思うようになったらしく、

「どうしよう、どうしよう」

を連発して悩んでいた。

「今度のオリンピックでは外国の選手の人たちがたくさん来ますね。外国の人たちと会ったときに話ができるようになるには、英語は大切ですよ」

先生が授業のはじめにアケミたちに話すと、テッちゃんはますます眉間にしわを寄せて、思い詰めたような顔になった。誰も彼の家に外国人がやってくるなんていうことは想像していないのに、彼だけがそれが確実に起こりうると考えていた。

「先生」

男の子が手を挙げた。

「ドイツの人とかフランスの人にはどうしたらいいんですか」

「だいたいドイツ人もフランス人も英語はわかりますけどねえ。やはりその国の言葉が話せたほうがいいですね」

「えー、それだったらたくさん覚えなくちゃならないじゃないか。英語だろ、フランス語、ドイツ語、えーとアフリカ語……かな?」

悲しいかなそれくらいしか外国人の区別がつかないのであった。

「先生、世界の人がみんなわかるような言葉ってないんですか」

「ふふーん」

先生はふくみ笑いをした。

「エスペラント語っていう言葉があるんだけどね、これはザメンホフという人が作りだしました。でもエスペラント語を勉強した人じゃないとわからないんですねえ」

「じゃあ、だめじゃん」

みんなはがっくりと肩を落とした。

「やっぱり英語よ、英語。あたし、英語を習い始めたの」

したり顔の女の子がかん高い声でいった。普通の子だったらみんな、

「へえー」

と驚くのだが、彼女は嫌われていた。一同が感心するとますますつけあがるのがわかっていたので、みんな心の中で、

(へえー)

と声をあげていた。みんなの反応に不満を持ったのか、彼女は声を大きくして、

「これからは英語が大切だって、うちのお父さんもお母さんもいってましたっ。お兄ちゃんも英語を習っていますっ」

といい放った。

「そうですね、みんなは中学に入れば習いますけど、他のお勉強と同じように英語は大切ですよ」

先生がそういったものだから、彼女はやっと満足そうにうなずいていた。

「ちっ」

テッちゃんは舌打ちをして、したり顔をにらみつけていた。

テレビでオリンピックを家族一緒に見た。あんなに次から次へとたくさんの外国人を見たのは初めてだった。頭の中に世界地図が浮かんできた。地図の真ん中にはあるが、日本はとっても小さい国だ。ほとんどの他の国はずっと大きい。そこにああいう大きな人たちが住んでいるのだ。

「何だあれは」

父親が日本人選手団が入場してきたときに声を上げた。赤と白のユニフォームの色合いがあまりにセンスがなく、まるで軍隊のように歩いているのも気にくわないと、真顔で怒っていた。

「あー、そうねえ」

母親は気乗りがしない相槌を打った。

「だから日本はいかん」

彼は仏頂面になった。そして急にアケミのほうを見て、

「どこの国の人でもいいから、外国人と結婚しろ」

といった。

「はっ」

アケミはあっけにとられた。母親もぽかんとしていた。

「混血というのは、両親のいいところをもらうから、とても優秀なんだ。だから外国人と結婚しなさい」

「はあ……」

そんなことを小学校四年生にいわれても、何といっていいやらわからない。母親はすでに父親の発言を無視して、お茶を飲みながらタロウと一緒にぽりぽりとおかきを食べていた。

学校では「君が代」を歌わされて、言葉の意味が全然わからなかったが、競技で日の丸が上がるとうれしかった。重量挙げの三宅選手がバーベルを挙げるときには、一緒に「んっ」と力んだ。

「ああ、痔になりそうだわ」

母親は下腹をさすった。体操のチャスラフスカはお人形さんのようにきれいだった。

「スポーツの時も外国の女の人は、女らしくしているからいいわねえ。あれでなくちゃいけないわね。日本人を見てごらん。スポーツをしている人で、髪の毛をまとめている人なんてほとんどいないんだから。いくら楽だからっていったって、あれじゃあだめよ」

母親は偉そうだった。彼女は長い黒髪をまとめていた。それは父親の好みでもあったらしく、

「たまにパーマをかけたいと思っても、パパが絶対に許してくれない」

といっていた。そうはいっても母親はいちばんそのヘアスタイルが気に入っているようだった。参観日にやってきたとき、アケミの母親があまりに若く見え、平たい顔だちのアケミとは全く正反対の、目がぱっちりして口が大きい目立つ顔をしているので、みんなから、

「アケミちゃんのお母さん、まま母？」

と聞かれた。

「違うよ」

といいながら、アケミはちょっと誇らしかった。

オリンピックがはじまると、ますますクラスはその話でもちきりになった。女の子は体育の時間にブルマー姿になると、

「チャスラフスカーっ」

といいながら足を振り上げたり、体育館の床でV字バランスをしようとしては失敗していた。男の子のなかには外国の美人を見て、頭がくらくらしたらしく、真顔で、

「チャスラフスカと結婚したい」

といっている子もいた。トビの家の足が速いタカハシ君はアベを尊敬し、

「見たか？　アベはすごいんだ」

といいながら、うっとりとした目をしていた。なかでもいちばん盛り上がったのは、バレーボールの東洋の魔女だった。アケミはソ連との試合を見ていて、胸がどきどきしてきて爆発するんじゃないかと思ったくらいだ。興奮してピーナッツを次から次へとつまんでいるので、母親に、

「そんなに食べると、お腹をこわすわよ」

と叱られた。家族四人の目はテレビ画面に釘付けになっていた。東洋の魔女がブルマーの足のゴムのところに、ハンカチみたいなものをはさんでいるのが不思議で、

「ねえ、どうしてああいうことをしてるの」

と両親に聞いたが、

「うるさい」「知らない」

と相手にされなかった。ソ連のオーバーネットで優勝が決まったとき、

「やったあ」

と両手を挙げて叫んだのは両親だった。

「よしよし、やった、やった」

父親は拍手をしている。タロウは、

「勝ったの？　勝ったの？」

とびっくりして聞いていた。

「ああ、とうとう勝った……」

アケミは一気に虚脱感に襲われ、さっきまでは胸が張り裂けそうだったのに、興奮してピーナッツを食べ過ぎて、腹がはちきれんばかりになっていることに気がついた。

クラスの女の子たちのほとんどは、オリンピックの後、バレーボールをやるといいだした。校庭でも見よう見まねでバレーボールをやり、突き指をする者が続出した。たしかに東洋の魔女はかっこよかったが、アケミは自分がやろうとは思わなかった。

運動が好きな男の子は、

「おれはオリンピックに出る」

と宣言した。勉強ができる子よりも、勉強はそれほどでなくても運動ができる男の子が、女の子から、

「かっこいい」

といわれた。いくら勉強ができても、のたのたと走るのが遅い男の子は、女の子た

ちからはちょっとばかにされていた。みんなは、

「あれになりたい、これになりたい」

といろいろといっていたが、アケミはみんなの前でそういう話をしたことはなかった。もしもなれなかったとしたら、かっこ悪かったからだ。最初はピアニストで、それがだめになったあとは、漫画家だった。でも自分は絵が下手くそなのは、明らかだった。トレーシングペーパーで写し取ればうっとりするような絵になるが、絵を真似して描いてみると、とんでもない絵が出来上がった。絵の才能がないのは自分でもわかった。看護婦さんもちょっといいなと考えたりしたが、いったいどういう仕事の内容なのか詳しく知りたいとは思わなかった。ただ白い制服が素敵だなと思っただけなのだ。

私立の中学校を受ける子は、家庭教師をつけてもらったり、塾に通ったりしていた。習字やそろばん塾に通っている子も多かった。でもアケミは何も習っていなかった。特別に習いたいものもなかったし、学校から帰るとプレハブの部屋に入り、おやつを食べながら、漫画を含めて本ばかりを読んでいた。毎日、ちょっと退屈だった。

ある日、学校の帰りに駅前の西友ストアに寄った。何を買うわけでもなく、まっすぐ家に帰るのはいやだったので、退屈しのぎに立ち寄ったのにすぎなかった。二階に

レコード売り場があり、たまたまその前を通ったとたん、アケミは頭をぶん殴られたような衝撃を受けた。今まで聞いたこともない音楽が聞こえてきたからである。アケミは赤いランドセルを揺らし、レコード売り場のお兄さんのところに走っていって、

「この曲は何ですか？」

と聞いた。お兄さんはにこにこしながら、一枚のシングル盤を見せ、

「ビートルズ。いいでしょう」

といった。アケミはすばやくレコードの値段を見て、全速力で走って家に帰った。ランドセルを捨てるようにして部屋の中に放り投げ、母親に、

「レコードを買うからお金をちょうだい」

と頼んだ。

「まあ、珍しいわねえ。レコードが欲しいなんて。いくらなの」

母親は何もいわずに財布からお金を出してくれた。前のように、

「パパにいわなくちゃわからない」

というふうにはいわなくなった。まだ父親が家計を握っているのは確かだったが、母親に渡される金額も多くなっているのだろう。アケミは興奮で鼻の穴を広げながら、また全速力で走ってレコード売り場に戻った。

「こ、これ下さい」

ふるえる手でシングル盤と三百三十円をレジに持っていくと、お兄さんはにこにこしながら赤い袋に入れてくれた。胸に抱きかかえて家に帰り、プレーヤーで聞いた。レコード売り場で聞くような迫力はなかったが、やっぱりこれまで聞いたことがない、衝撃的な音だった。

「何を買ってきたの」

母親が顔を出したが、アケミが差し出したジャケットに「抱きしめたい」と書いてあるのを見て、

「あら、まあ」

といったっきり引っ込んでしまった。それからアケミは、溝がなくなってつるっつるになってしまうのではないかと思うくらい、レコードを聞きまくった。

ビートルズはアケミを興奮させた。それまで舟木一夫を好きになったことはあるが、こんな音楽を聞いたのははじめてだった。しかしクラスの中で、ビートルズの話ができる子なんて誰もいないのはわかりきっていた。たしかに前の学校よりも勉強の程度は高いが、その他のことに関しては、前の学校の子とたいして変わらないごく普通の子供だった。

（どうせあいつらには、ビートルズなんていってもわかるまい）

アケミは学校の子にはひとこともビートルズのことはいわず、学校が終わるとそそくさと家に帰って、レコードを聞いた。一枚のシングル盤のレコードで、こんなに毎日楽しいのかと思うくらい、楽しかった。ビートルズが出ている雑誌も読みたかった。本屋さんに行ってみると、「ミュージック・ライフ」にはビートルズの写真がたくさん載っていた。迷わず買ってきた。イギリスにはたくさんのグループがあることも知った。みんな目がぱっちりしていて、服装ものすごくかっこいい。こういう人たちと会えるようになるには、どうしたらいいんだろうかとアケミは真剣に考えた。「ミュージック・ライフ」の編集長は女の人だ。

「やっぱり英語ができなくちゃだめだよなあ」

アケミはこつこつと物事をやるのはとても苦手だった。絵日記もそうだったが、ひとつひとつの積み重ねというのが絶対にできない。「あーあ、どうして外国人に生まれなかったのかなあ」

誕生日に買ってもらった、偽物のダイヤが入った銀色の手鏡をのぞいた。そこには平ったくて一重まぶたの、間違いない日本人顔の自分がいた。

「あーあ」

床に仰向けになった。もともと英語を喋る国に生まれたら、わざわざ英語なんかを勉強しなくても済む。日本になんか生まれたから、勉強しなくちゃいけない。

「何だか損したみたい」

アケミは面白くなくなって、そこいらへんをごろごろした。しかしいくらごろごろしても、急に英語が喋れるようになるわけでもなく、宿題をやらなくちゃならないことを思い出した。勉強もだんだん難しくなってきて、ちょっとやそっとじゃわからない。以前は宿題を教えてくれた母親も、参考書をたくさん買ってきて、

「もうわからないから、自分でやりなさい」

と相手にしてくれなくなった。机の前に座って鉛筆を持っても、

「うーん」

とうなるばかりで頭は全く働かない。そのうち頭の中が重たくなってくる。そこへ、いけないと思いながらビートルズのレコードをかけると、頭がすっきりしてくる。プレーヤーと机の前を交互にうろちょろしながら、アケミはただ何となく転校した四年生を終えた。

トクホンの赤い跡

アケミは低学年のころはクラスの真ん中かちょっと後ろくらいの身長だった。それが進級するにつれてだんだん前のほうになり、五年生になったら前から四番目になっていた。

（ちっ、どうしてこんなチビになっちゃったんだろう）

最初っからチビだったら何とも思わないが、ふと気がついたら他の女の子たちに追い抜かれていた。急にみんなは大人びたような気がする。

（うーむ）

家に帰って玄関の壁にはめ込み式になっている大きな鏡に全身を映してみた。他の子たちはすらりとしてきたのに、一年生のころから全く変わった気配がない。つま先立ちをしてもスカートをちょっとまくりあげても、特に脚が伸びた形跡はない。そこへ母親が洗濯物を入れる籠を抱えて通りかかった。

「何やってんの、あんた」

母親に見られた照れくささもあって、アケミはその場で両手をぐるんぐるんまわしながら、

「ねえ、背が伸びたと思う？」

とたずねた。

「背？ そうねえ」

視線を頭のてっぺんからつま先まで、何度も往復させると、

「伸びたんじゃないの」

と関心なさそうに彼女はいった。

「前から四番目なの」

「あーら、いつからそんなに小さくなったの？」

それはこっちが聞きたかった。

「あのね、テルコちゃんもミチコちゃんも、四年生のときは私よりも低かったのに、五年生になったら私よりもずっと後ろにいってるの。どうしてあんなに伸びなかった

のかなあ」

すると母親は声をひそめて、

「パパのせいよ」

といった。

「ママは背が低いほうじゃないわよ。学生時代からそうだったもん。でもパパは男の人にしては大きいほうじゃないのよ。あんたはパパに似てるの。だから背は伸びないし、脚だって短いの。よーく見てごらん。こういうところは私に似ていればよかったわねえ」

アケミはむっとした。それが自分で選べればいいほうを選んだに違いないが、そういうふうに生まれてしまったんだから、どうしようもない。

「どうしてそういうことをいうのさ。どうせ私はチビで脚が短いわよ。何でママに似せて産んでくれなかったのよ」

「うーん、努力したんだけどねえ。パパの血のほうが強く出ちゃったのよね。でも人間は見かけじゃないから、気にすることはないわよ。人は中身、中身」

母親はアケミの肩を叩いて、洗面所に入っていった。産んだ母親からも、そんなふうにいわれたら、子供の立場はないではないか。

（なぜ結婚相手に、すらっと背が高くて脚の長い人を選ばなかったんだ）

いまさらながら父親はどうしようもない人のように思えてきた。それまで父親の股下など、気にしたこともなかったが、気をつけて見てみると、確かに長いとはいえなかった。不幸にもそのような父親似の体形で生まれてきたアケミは、これは自分で何とかせねばと考えた。そこで頭に浮かんだのは、脚を前後にすっと開く、バレリーナの姿である。

「あれを毎日続けていれば、股のところがどんどん伸びて脚が長くなるかもしれない」

ためしに自分の部屋でぐわっと股を開いてみた。ところがバレリーナのように床にぺたっとつかない。それどころか内股の筋がつっぱってしまい、痛くて広げられないのである。

「あたたたた」

アケミは床の上にひっくり返って、痙攣しそうになっている脚の筋をさすった。あんなこととてもじゃないけどできないと悟った。しかしあれはだめでも、似たような運動を少しずつやっていれば同じような効果があがるかもしれない。アケミは考え直して床の上に脚を投げ出して座った。そして少しずつ両足の間隔を広げていく。時計の長針と短針を思い浮かべながら、やっていった。

「十五分、二十分、二十五……分……」

これが限界だった。さっきと同じように、脚の筋がつっているのがわかる。

「あたたた……」

風呂に入ればなんとかなるだろうと、のぼせるくらいにつかって脚の筋を揉んだ。

翌朝、両脚の内股はつっぱり、四角い箱を股の間に挟んでいるみたいだった。アケミは母親の目を盗んで、小さな赤い薬箱の引き出しを開け、中からトクホンを取り出して、両足の太ももの内側に一枚ずつ貼った。そして何くわぬ顔をして、食卓についた。

「ほら、早くしないと遅れるわよ」

母親はアケミの目の前に、焼けたばかりのトーストを放った。ひと口食べると、これまた焼けたばかりの目玉焼きが目の前に置かれた。まじめで几帳面なタロウは、すでにご飯を食べ終えて、ランドセルの中を調べている。アケミはその日の朝にならないと、教科書やノートを揃えない。タロウは前の晩にきちんと準備をし、その上、翌朝また点検するという念のいれようだった。

(ちゃんと入れれば、何度も調べることなんかないんだよ。そんなことをしたって無

駄なんだよ)

そういうやり方だから、アケミはときどき忘れ物をする。でも仕方ないやとあきらめ、隣の席の子に頼んで見せてもらったり、他のクラスにいって借りてきたりした。それができない場合は、先生に何かいわれるまで、知らんぷりをしていた。それで何とかやってこれたのである。

「教科書の準備はしたの?」

母親が台所のコンロとアケミを交互に見ながらいった。

「ううん」

トーストを口にくわえたまま、首を横に振った。

「どうして同じ姉弟なのに、こうも違うのかしらねえ。あんたはずぼらだし、タロウは慎重すぎるし。二人をまぜて二つに分けるとちょうどよくなるんだけどねえ」

こんどは母親が首を横に振った。

(そんな、親が思うようにうまくいくわけないよ)

アケミはもぐもぐとトーストを噛んで飲み込んだ。

「ちょっと、アケミ。あんた、トクホン貼ったでしょう」

突然、母親が鼻をくんくんさせた。まさか大股を開いたとはいえないので、

「昨日、体育で跳び箱をやった」

と嘘をついた。

「跳び箱の角で脚の内側を打ったんだよ」

「昨日はそんなこと、いわなかったじゃない」

「今朝になったら、痛くなったんだよ」

母親は黙った。アケミはそそくさと部屋に戻り、机の横に放り投げてあるランドセルをとりあげ、昨日のままになっている教科書やノートを取り出した。そうやっても十分間に合う。

「タロウみたいに何度も調べるのは、時間の無駄なんだよ。こうやって朝やれば、短い時間で済むのにさ」

教科書とノートと筆箱を入れ、ランドセルのベルトのバックルを閉めた。

五年生になると集団登校のお姉さん役をやらなくてはならない。六年生が先頭になり、五年生はみんなのいちばん後ろにくっついて、目を配らなくてはならない。そのなかにはもちろんタロウもいたが、彼は周りをきょろきょろすることなく、じっと前を向いてまじめに歩いていた。が、中にはあっちへちょろちょろ、こっちへちょろちょろと動き、水が流れていないどぶに、はまる子が出てきたりする。そんなことが起きないように、五年生と六年生がお目付け役にならなければならないのだった。

（何でみんな一緒に、一列になって歩かなくてはならないんだ。どぶに落ちるのは自分の責任なんだから、みんなが自分で気をつければいいのよ）

いちばん前を歩く六年生よりも、後ろにいる五年生のほうがずっと大変だった。頭の後ろには目がついていないので、六年生は後ろを見ることができない。前から車がぶつかってこないように注意していればいいのである。しかし五年生はみんなが見える。気をつけなくちゃいけない子たちが十人もいるのだ。

（あーあ、早く六年生になりたい）

アケミははしゃいでときどき列を乱す男の子を叱りながら、学校まで歩いた。

途中、アケミのすぐ前を歩いている四年生の男の子が振り返って、

「くさい」

といった。

「トクホン貼ったんだよ」

「トクホン？　どうして？」

「脚が痛いの」

「どうして？」

「ぶつけたの」

「どうして？」

うるさい奴だ。

「あのね、家でね、こーんな太い鉄の棒にぶつかったの。そうしたらね、こーんな大きな青いあざができてね、骨が折れそうに痛くて痛くてね、歩けなかったの」

彼は、

「うえー」

と顔をしかめて黙った。そうはいいながら、そんなにくさいかしらと、周りの空気をかいでみた。そういえばトクホン特有のつーんとした匂いがする。しかしアケミはこの匂いは嫌いではなかった。メンソレータムやお祭りのハッカパイプとか、ああいったすっとした匂いは大好きだった。でもそれをくさいという子もいるのだ。

なるべくトクホンの匂いがしないように、小またで歩きながら学校までいった。とにかく自分でも風を起さないように、脚を揃えて椅子の上に座った。担任の先生はいつもオールバックの髪の毛をきれいに整えていて、優しくて絶対に大声を出して怒らないツチダ先生だった。学校の先生というよりもお洒落な男の人という感じだ。社会の授業がはじまると、アケミは地図帳を忘れたことに気がついた。そういえば机の上の本立てに立てたままだったのだ。

「見せて」

隣の席のユリコちゃんのほうへ机をくっつけて、地図帳を見せてもらった。しばらくするとユリコちゃんは、

「ねえ、くさくない？」

と小声でアケミにささやいた。

「えっ？」

こめかみから汗が流れそうになり、思わず声が上ずった。

「貼り薬みたいな匂いがするの。うちのおばあちゃんが、薬を温めて練ったのをネルのきれに塗って、それを腰に貼ってるの。あれと同じような匂いがする」

「あ、ああ、そう……なの」

アケミはぎゅっと股を閉じた。横目でユリコちゃんの様子をうかがっていると、鼻を鳴らしながら首をかしげていたが、そのうち何もいわなくなって地図帳を眺め始めた。アケミはほっとした。

(股をゆるめると、きっとまたトクホンの匂いがする。絶対にこれをゆるめたらいけないのだ)

社会の授業は下半身が緊張状態で終わった。

「ありがと」

机を離してアケミはトイレに直行した。そして個室に入って脚に貼ったトクホンを急いで剝がした。剝がした跡はトクホンの形に四角く、そして赤くなっていた。剝がしたトクホンをぐるぐると団子状に丸め、いったいどうしたもんかと考えたあげく、まさかトイレットペーパーではないので流すわけにもいかず、外のごみ箱に捨てることにした。個室のドアを開けたとたん、同じクラスのエツコちゃんがぬっと立っていて、あわててトクホン団子を後ろ手に隠した。

「どうしたの、そんなにびっくりして」

彼女は笑っている。

「いや、あの、何でもないよ」

エツコちゃんはクラスで三番目に背が高かった。トイレの中には一番背の高いユカリちゃんと、二番目のマサコちゃんもいて、ぺちゃくちゃ話していた。

「何やってんの」

アケミは二人にわからないようにそっとトクホン団子をごみ箱に捨て、手を洗いながら声をかけた。

「ふふん」

彼女たちは思わせぶりに笑った。女の子にそんな態度をされるのははじめてだったので、アケミはきょとんとした。

「ねえ、どうしたの」

アケミが近寄ると二人は顔を見合わせて、また、

「ふふふ」

と笑った。そして小声で何やら話していたかと思うと、

「あなたには関係ないわよ」

といってまた笑った。同じクラスの同い年の女の子に、関係ないといわれるとよけいに知りたくなる。

「ねえ、何？　何なの？　ねえ、教えてよ」

アケミはにじり寄った。

「子供には関係ないの」

またアケミはきょとんとした。子供というのならあんたたちだって子供じゃないか。

するとエツコちゃんが個室から出てきて、

「そんなに意地悪しなくてもいいじゃない」

と二人にいった。

「そうだよねえ、そうだよ」

アケミは三人を見上げながらいった。

「ほら、これ」

マサコちゃんがアケミに四角い物を見せた。するとエツコちゃんもユカリちゃんも、次々に同じ物をスカートのポケットから取り出した。母親のタンスの引き出しを開けたときに見たことがあった。これは「女の人」が使うものではないのか。

「え？　はじまったの」

アケミは目を丸くして聞いた。

「そうなの」

三人は同時にうなずいた。女の子にはそういうことがあると、うっすらと噂では聞いていた。将来、赤ん坊を産むためには大切だと聞いてはいたが、具体的にはよくわからなかった。しかし同じクラスですでに始まってしまった子がいるのだ。

「へえ」

感心したようにアケミは間抜けた声を出した。背の高さもずいぶん違うが、同じクラスの三人と自分の間は、すごーく離れてしまったような気がした。

「はあ」

アケミはそれしか声が出なかった。三人はただにやにやと笑っている。

「ねえ、お腹とか痛くないの？　どんな気持ちなの？　最初はどんなふうになったの？　どれくらい続くの？　学校に来ても平気なの？」

今度は堰を切ったように質問攻めにした。まるで今朝の四年生の男の子と同じだ。

「あのねえ……」

エツコちゃんが教えてくれそうになったときに、始業の鐘が鳴った。四人はあわててトイレから飛び出して、一目散に教室に向かった。廊下は走ってはいけないのでみんな小走りだ。アケミは三人が気になって仕方がなかった。走って大丈夫なのか、ぽろっと落ちないのか、どんな気分なのか、そういう状態であるのを誰にも気づかれないのか。四人は何事もなかったかのようにそれぞれ、自分の席に座った。三人はそんなふうはみじんもみせずにふだんと同じような顔ですましている。アケミは椅子に座り、

「ねえ、まださっきの匂いってしてるかな」

ユリコちゃんは鼻をひくひくさせていたが、

「ううん、しなくなったみたい」

といった。アケミはほっとしてトクホンの赤い跡を目に浮かべた。

ちびっこの好奇心

「女の人」になった同級生はとても大人びてみえた。背も高いし、ちびっこのアケミとは明らかに違う。かといって彼女たちをうらやましいとは思わなかった。一度そうなったら、毎月面倒な準備をしなくてはならないのだ。

「男の子はそんなことにならないのに、どうして女の子だけそんな面倒くさいことになるのだ」

アケミはうんざりした。しかし自分の体がそのようになるなんて、どうしても想像できない。彼女はトイレや休み時間に、

「ねえねえ」

と「女の人」になった同級生にあれこれ質問を浴びせては、うるさがられていた。

夏休み前、五年生と六年生の女の子だけ講堂に集められて、映画を見ることになった。男の子はその間、運動場で遊べるのだ。

「いいなあ」

アケミは渡り廊下に並べてある、すのこを音をさせて歩きながら、横目で彼らを眺めた。将来、元気な赤ちゃんを産むためには大切なことで、体のしくみはこうなりますという映画が流された。とっても興味深く見ている子もいれば、照れている子もいた。アケミはただただうんざりしていた。将来、結婚もしたくないし、赤ん坊なんて欲しくない。同級生と比べてちびっこなのはちょっとまずいかなとは思うものの、いつまでもこのままでいたいと思ったりもした。赤ん坊を産む人には大切なのかもしれないが、赤ん坊を見てもかわいいと思わないアケミには、映画は退屈なだけだった。途中、閉めきられた黒いカーテンの隙間からのぞこうとした男の子がいて、先生に追っ払われた。

映画が終わると保健室の先生が、

「これは女の人にとって、とっても大切なことだから、体を冷やさないようにしなくてはいけませんよ。そして映画を見たことを、家に帰ってお母さんにお話ししてください」

とまじめな顔でいった。アケミは、

（絶対、いうもんか）

と思った。同級生の「女の人」は、

「そんなこと、とうに知ってるわ」

というような顔ですましていた。なかにはそういうしくみになっているとはじめて知ったらしく、目を丸くして周囲の女の子に、

「あなたは？　あなたはまだ？　あなたはどう？」

と聞きまくっている子もいた。

ぞろぞろと女の子が教室に戻ると、男の子たちがしつこく、

「ねえ、何の映画みたの？」

と無邪気に聞いた。まさか正直にはいえないので、女の子たちはみんなしらばっくれていた。なかには、

「おれ、知ってるぞ」

とどこから情報を得たのかわからないが、まるで見てきたかのように映画の内容を説明する子がいて、女の子たちに、

「やあねえ」

と一斉にいやな顔をされて小さくなった。それでもほとんどの男の子は何の意味だ

かわからず、ぽかんとしたあと、

「ま、いいか」

といようような顔になっていた。

次の日から、クラスの女の子たちは、映画のことをきちんと母親に話し、準備をはじめたようだった。

「薬屋さんに買いにいったの」

と話しているのを、アケミは、

「ふん」

と聞いていた。そのときはそのときで何とかなるだろうし、準備をするなんて待っているようでとてもいやだったのだ。というよりも家にはそんなことよりもっと重大な問題が起きていた。このところ忘れていた、

「お金がない」

騒動がまたはじまったのである。そのうえ母親は、

「パパは浮気をしているらしい」

とアケミにこっそりと告げた。

「はあ?」

あっけにとられたが、彼女は声をひそめて、

「どうしてわかったの？」

とたずねた。母親は小さなマッチを持ってきた。そこには「バー　東京の人」と書いてあった。パイプマッチと違って、どことなく品がよかった。

「お酒も飲めないのに。おかしいわ。マルヤマさんに電話をしたんだけど、はっきりいわないのよね。男の人たちってかばいあって本当にずるいわね」

マルヤマさんというのは、数少ない父親の友だちでたまに仕事を手伝ってくれるカメラマンの人だ。

「浮気ねえ」

アケミはつぶやいた。

「男の人っていうのは、お金に余裕ができると、こういうことになるんだから。今日もお金がいるっていうのに、行き先をいわないでどこかにいっちゃったのよ。このごろ『おれは外に出るとともてるんだ』って自慢してたのよ。いったい何を考えているんだか」

「ふーん、この『東京の人』に行ったの？」

「そんなこと知るわけないでしょ！」

母親は怒った。

「本当にあの人はしょうがないんだから。前の結婚のときも三か月で別れたのよ」

「はあっ?」

アケミの頭の中に「まえのけっこん」という言葉が、ぐるぐると渦を巻いた。

「前の結婚てなに?」

「パパの前の結婚ってことよ」

「へ?」

「パパは結婚が二度目なの」

突然、アケミは自分が少女漫画の主人公になったような気がした。漫画だと巻き毛のかわいい主人公が、目に星をいっぱい入れて、

「え、お父様が? なぜ、そんな……。そんなの、いや……」

と身もだえしたりするのだが、アケミはぽーっと口を開けたまま、

(まえのけっこん、まえのけっこん)

と何度も繰り返して、想像もしていなかった事実を、頭に組み込もうとした。

「短い期間だったから、子供はいないんだけどね。その人ってママの学校の先輩でねえ、学校一の美人で不良だったの。結婚するときに同じ学校だってわかって、パパは

ものすごくびっくりしてたんだから」

母親は平気な顔をしてぺらぺらしゃべった。

「……」

父親がとんでもない奴のように思えてきた。母親の前に別の女の人と住んだことがあるというのが、とてもいやだった。

「家賃も払わなくちゃいけないし。本当にお金がないのよ。浮気をしている暇なんかないだろうに」

久しぶりに聞いた「お金がない」と「前の結婚」にアケミはノックアウトされた。学校で見せられた映画なんか、もうどうでもよかった。その夜、アケミが布団に入るまで父親は帰ってこなかった。アケミは布団のなかで、

「浮気をしてるのかなあ。お金がないのに」

と考え続けて、頭が痛くなりそうだった。

翌朝、父親の姿はなかった。もちろん朝御飯を作っている母親はものすごーく不機嫌だ。なるべく刺激しないように、てきぱきと物事を済ませてそくさと家を出た。学校に行けばいったで、映画に触発されたのか、学校で「女の人」になってしまった子も出てきて、アケミをパニックに陥れた。

（私もいつそうなるかわからない）

学校のトイレに行くたびに調べてみたが、ちびっこにはそういう兆候は全くなかった。だいたいそういうふうになるなんて、想像ができないのだ。

「どう考えても不思議だ」

好奇心はあるが、自分はそうはなりたくない。とにかくなるべくそうなりませんようにと、アケミは祈っていた。

学校から帰ると、父親が家に帰ってきて、

「来週の日曜日に引越し」

と宣言した。タロウはきょとんとしているし、母親は明らかに怒っているのがわかる。

「えっ、どこ？　また学校、変わるの」

「いや、ここから歩いて十分くらいだから、学校は変わらなくていいんだ」

「住所は？」

父親がいった住所は、大きな道路を越えた向こう側だった。母親がお金がないといっていたから、今の家よりは狭くなるのはわかりきっていたので、広いのか狭いのかを聞く手間ははぶけた。

「だから、自分の荷物は自分でまとめるように」

彼はきっぱりといった。

「何よ、いばっちゃって」

母親は吐き捨てるようにいった。

「いばってるとは何だ」

「いばってるじゃないの。子供たちまで巻き込んで。父親っていう自覚はあるんですか。わがまま放題をするのもいい加減にしてよ。もう私たちまでひきずられるのはいやよ」

父親は黙ったかと思うと、机の上に置いてあった湯飲みの中のお茶を、母親めがけてぶちまけた。タロウはひきつけを起したみたいに、

「ひっ」

と短く声をあげて、後ろにのけぞった。

（あー、またはじまった）

「何するのよ」

抵抗する母親に、今度はばしっとビンタがとんだ。タロウは驚きすぎて声も出なくなった。

「はい、タロウはこっち」

アケミはタロウを連れて和室に避難した。リモコン付きのゴジラや怪獣のプラモデ

ルを押入れから取り出して、

「これで遊んどけ」

といい渡した。彼は素直に遊び始め、そのうち怪獣対決にのめりこんでいった。そーっと様子をうかがうと、それから闘いは行われている様子はなく、父親は庭を見ながらタバコを吸い、母親はキッチンで洗い物をはじめていた。

「二度目なのに。前も同じようなことをしていたんだろうなあ」

学校の先生は、

「悪いことをしたら反省して、次に同じことをしないようにしましょう」

といったが、父親はそういうこととは無関係に生きているのだろう。そんな父親でも子供としては、いちおういうことを聞かなくてはいけない。プレハブの天井を見ながらアケミは、

「短い間だったなあ」

とつぶやいた。よく考えてみると、あんなに適当な父親がいるのだから、こんなお金持ち風の生活がずっと続くはずがなかった。いつ来るか、いつ来るかとは思っていたが、意外に早かったのにはがっくりした。それから二日たって、学校から帰ってみると、でんと場所をとっていた、父親の仕事机が姿を消していた。その他、仕事関係

の道具や、棚に並べてあった写真集やデザインの本がみんななくなっている。父親が逃げ出したのかと母親に聞くと、

「仕事場を別にするんですって。お金がないときにいったい何を考えているんだか。それだったら引っ越さないで、ここでがんばればいいじゃないの」

と怒っていた。その夜、父親は帰ってこなかった。

一週間後はやっぱり引越しだった。すでに母親は次の引越し先を見に行くこともなく、全くやる気を無くしていた。新しい家は大家さんの広い庭の中に建っている一軒家だ。そこには二軒の家が建っていて、奥の家には子供がいない大家さんの娘夫婦が住んでいた。六畳の和室と四畳半の洋室が二つと、三畳の台所と風呂場があり、ドッジボールどころか、一人縄跳びするのがやっとの庭がついていた。アケミにあてがわれたのは、壁の一面に造りつけの本棚がある、四畳半の洋室だ。父親は、荷物を片付けているところにやってきて、

「こういうふうにするといいぞ」

といいながら、「VOGUE」のページを切り取ったものを、本棚の向かい側の壁いちめんに貼りはじめた。金髪で素敵な服を着てポーズをとっているお姉さんや、きれいな顔の大アップがアケミのほうを見ていた。いやだといっても、父親はやめない

ことはわかっていたのでやりたいようにやらせていた。

「ほーら、これでいい。なっ」

「そうだね」

父親は満足して部屋を出ていった。夫婦喧嘩をすると父親は三か月は母親と口をきかなくなるので、二人の間はとても静かだった。話しかけても意地で口をきかない父親に対して、母親は、

「大人気《おとなげ》ない」

とまた怒った。庭に面したガラス戸を開けると、のら猫が歩いていた。

「おいで、おいで」

手招きをするとじっとこちらを見ていたが、またのんびりと歩いていってしまった。もしかしたらこの小さな庭が通り道になっているのかもしれない。前の家よりもずっと狭くなってしまったうえ、洒落たものは一切ないごく普通の木造の家だが、住むには別に問題はないとアケミは思った。父親の仕事の道具がなくなったので、彼がいる雰囲気は全くなくなった。母親と自分と弟の家という感じだ。そっちのほうがうれしい。それから毎朝、父親は車に乗って仕事場に出かけていった。場所はアケミが生まれた文京区らしい。母親は、

「一度、どんなところか見にいかなければ」

と鼻息荒かった。

「本当に仕事場なのか見なくちゃ」

アケミは彼女が父親を疑っているのがわかった。浮気をしているといっていたから心配になったらしい。しかしアケミは、

「パパ、そんなのいや」

とこれっぽっちも思ったことはなかった。彼を信じているのではなく、

（お金がないのにもてるわけないじゃん）

と馬鹿にしていた。アケミが知っている限り、おめかけさんや二号さんがいる男の人というのは、みなお金持ちだった。お金のない男の人は、他の女の人にちょっかいを出せないのである。しかし母親はまじめに怒っているので、そういうわけにもいかず、曖昧に返事をして、自分の部屋に逃げた。

父親は仕事場ができてから、週に一度か二度、帰ってこない日があった。父親が帰ってこない日は、アケミたちにとっては天国だった。食事をしていても雰囲気が明るい。父親は暗い性格ではなかったが、一緒にいるだけで他の人を緊張させる妙な雰囲気を持っていた。たしかに外国の本とか雑誌とか、きれいなもの、新しいものをたく

さん知っていたが、同じ屋根の下にいると気詰まりだった。強引に仕事場を見にいって、そこに女の人もおらず、純粋に仕事場だとわかった母親も、

「帰ってこないと気が楽だわねえ」

とうれしそうにしていた。

（お金だけもらって、三人で暮らすのがいちばんいいや）

そう思いながらアケミは、父親がいるときは絶対にしない、御飯のおかわりをした。

夏休み前、父母会から帰ってきた母親に叱られた。

「あんた、映画を見たのを黙っていたでしょ。どうして黙ってるの。ちゃんといわなくちゃ。それにしても今の子は早いわねえ。私なんか高校三年生のときだったのに」

母親は渋るアケミを連れて薬局に行った。

「はい、これを揃えて持ってるのよ。タンスの引き出しにいれておきなさい」

そんなものを買ってもらっても、全然うれしくない。箱を開けると中には男の人の海水パンツみたいな、黒いパンツが入っていた。

「何だ、こりゃ」

かわいくも何ともない。アケミは暗い気持ちになって、引き出しのいちばん下にパンツを突っ込んだ。

ビートルズがやってきた

父親が仕事場を別にしたことで、両親の喧嘩は少なくなった。関係が修復されたのではなくて、顔を合わさないのでトラブルが起きないだけなのである。母親とアケミとタロウの三人でいると、家の中の雰囲気は明るかった。しかし何の連絡もなく、父親が帰ってくると、母親は台所の窓から庭に入ってくる車を見て、

「あらー、帰ってきちゃった」

と残念そうにつぶやいた。三人は落胆した。一気に雰囲気は暗くなった。三日ぶりに帰ってきた父親は、とっても楽しそうだった。

「ほら、見てみろ。すごいだろう」

彼は家のドアをあけるなり、手にしていた箱を、アケミたちの前に突き出した。

「あ？」

持って帰ってきたのは、カセットテープレコーダーだった。彼は服を着替えるのもそこそこに、台所に続いた板の間で箱を開けた。

「今までのテープは丸くて大きかっただろ。それがこんな小さな箱の中に入ってるんだ」

母親とアケミは全く興味を示さなかったが、タロウは父親が帰ってきたときに、落胆した表情を見せたのにもかかわらず、カセットテープレコーダーを見て目を輝かせた。父親が使用説明書を見ながら、まるで自分が発明したかのように、あれやこれやと説明すると、彼はふんふんと興味深げにうなずいていた。

「そんなもの買うなんて、ずいぶん余裕があるのね。こっちは食費もぎりぎりでやりくりしているのに」

母親は冷たくいい放った。

（あー、また、はじまった）

アケミは避難する準備をはじめた。

「うるさい。いいじゃないか、なあ、タロウ。いいか、録音するときはこの赤いボタンも一緒に押すんだぞ。止めるときはこの黒いボタン。でなあ、ほれ、こうやると

「……」

小さなレバーを押し下げると、カセットテープが入ったところの蓋が、ぱかっと開いた。それを見たタロウは小さな目をかっと見開き、自分も何度も同じことをやってみて、楽しそうにしていた。

「ふん」

母親は不愉快そうに鼻を鳴らした。

「そんなものを買って、どうするの。いったい何を録音するのよ」

「うるさいなあ、もう」

「だって、役に立つものならともかく、どうしてそんな、今、家に必要がないものを買うのよ」

たしか新聞の広告で見たが、カセットテープレコーダーは二万円もするのだった。

「無駄なものを買うのが楽しいんじゃないか。お前みたいな田舎者にはわからない」

田舎者といわれた母親はますます表情をこわばらせ、

「どうせ私はそうよ！」

といい放った。そしてつかつかと冷蔵庫に歩み寄り、

「ちょっと、これだって邪魔でしょうがないんですからね」

といいながら扉を開けた。中に入っていたのは黄色いアイスノンだ。

「夏場や、熱を出したときにこれを使うと涼しいからって、四個も買ってきて。一度か二度しか使ってないじゃないの。氷枕で十分だっていうのに。それにフジカのシングルエイトだって、最初はみんなを映してたけど、あれだってぜーんぜん使わないじゃない。どれもこれも無駄なものばっかり。内職でもしないとお金が足りないわ」

「内職？　ふざけたことをいうな」

父親は「内職」と母親がいうと、ものすごく嫌な顔をした。あんな貧乏くさいことはするなというのである。そのたびに母親は、

「それだったら、ちゃんと生活費をちょうだい」

というのだが、父親が自分の好きな物を買って、お金を渡さないものだから、二人の争いはどうどう巡りなのだった。

「だって、どんな子供だってわかるでしょ。足し算と引き算がわかればね。お金がもらえないんだったら、働くしかないでしょう」

父親はしばらく母親の顔をにらみつけていたが、

「勝手にしろ」

と怒鳴り、畳の部屋に入っていった。着替えて出てきた父親は、不愉快そうに食卓

の前にすわり、不愉快そうに新聞を読んでいた。

（いっそ、離婚すればいいのにさ）

喉元まで出ていたが、アケミはその言葉をぐっと飲み込んだ。二人は別れたほうがずっと幸せになりそうだった。だって父親が家にいないととっても楽しい。父親だって好きな物を文句をいわれないで買えるし、母親は、

「働きたいのに、パパが働かせてくれない」

と愚痴をいっていたから、別れたら好きなようにできるではないか。でもそうなったら、今よりもっと狭い家に引っ越さなければならないかもしれない。いくら三人でも一部屋に住むのはいやだ。そうなるといくらお金をくれないとはいっても、いくつか部屋のある家に住めるのは、父親が働いているからだと思わざるをえない。

（いちばんいいのは、どかーんと宝くじが当たって、パパが帰って来ないことだな）

でもそんなことは絶対にありえないと、アケミはわかっていた。

いったい何に使うのかとなじられた父親は、手乗り文鳥のチビを連れてきて鳴き声を録音し、再生した声を聞いたチビが首をかしげて聞き、声を上げて鳴くのを見て、

「ほーら、どこかに仲間がいると思っているんだよ。それだけちゃんと録音できるんだ」

とタロウに自慢した。動物好きで機械好きのタロウは、またまた目を輝かせてチビの行動を見ていた。カセットテープレコーダーに関しては、タロウは父親のいちばんの味方だった。

六年生になる年のお正月、父親は帰って来なかった。ふだんは帰ってくるとがっかりするくせに、お正月に家にいないと、母親は、

「お正月くらい、どうして帰って来ない」

と怒った。なかなか妻という立場も複雑なものだとアケミは思った。しかし姉弟にとっては、緊張しない明るい正月であった。三人でお雑煮を食べながら、アケミは、

「中学校から私立に行けない？」

と聞いた。

「え、なんで」

母親は驚いた顔をした。

「ちょっと聞いてみただけ」

「どこに行きたいの？」

「まだ決めてないけど」

「どうして行きたいの？」

「何となく」

「どうしても行きたい学校があれば行かせてあげるけど。はっきり決まってないんだったら、しょうがないわねえ」

四月になるとクラスでは私立を受験する子の話が出ていた。御茶の水付属、実践女子、共立、学習院など、受験するのはみなお金持ちの子ばかりだった。アケミは自分の家がお金持ちではないのが十分にわかっていたが、公立の中学校の制服を着ることを考えると、ものすごくうんざりしていたのである。ただの衿無しのVネックのブレザーに、プリーツの吊りスカート。面白くも何ともない。しかし私立の中学校は、セーラー服だったり、ブレザーでも襟元にリボンを結んだり、ネクタイを結んだり、何だかかっこいいのである。まさか母親には、

「公立の制服を着たくないから」

とはいえないので、理由はぐずぐずいいながら、はぐらかしていた。いちおう心の中で、行きたい学校は決めていた。アケミは女子美の制服がかっこよく目に映った。ブレザースタイルだが衿元にリボンを結ぶ。中学は臙脂色。高校は紺色だ。通っている学校も普通の学校ではなく、美術大学の付属中学というのもかっこいいではないか。

しかしアケミは音楽の成績はよかったが、図工の成績はごくごく普通で、自分でも絵

の才能があるとは全く思っていなかった。でもあの制服を着てみたかったのである。

「いっそ、御茶の水にでも受かってくれればいいんだけどねえ」

母親はにやっと笑った。アケミは御茶の水に合格できるほど頭はよくないし、セーラー服の上からベルトをするデザインの制服は好みではなかった。でも寝る前に自分がその制服を着て通学する姿を思い浮かべ、幸せな気持ちになってから目をつぶった。

そんなとき、同じクラスのシノブちゃんという女の子が、休み時間に大声で、

「あたし、女子美を受けるの」

と得意げにいった。女の子たちは女子美の制服に憧れている子が多かったから、みな羨望のまなざしで彼女を見た。彼女は周辺にアパートや家をたくさん持っている家の子で、お金持ちだったが高慢ちきでわがままだったので、みんなから嫌われていた。もともとは農家で、タカノさんといとこ同士なのだが、それをいうとものすごく怒り、タカノさんに対しても、

「あんたなんか、知らないわ」

というような顔をしていた。自分の家がお金を持っているのが自慢で、アケミも彼女の家にむりやり呼ばれて、電動式の鉛筆削り器の使い方がわからなくてうろたえたら、

「あの人、電動の鉛筆削り器の使い方もわからないのよ」

といいふらされた。でもそれを聞いた子たちが、

「あら、私もわからないわ」

と口々にいってくれたので、シノブちゃんがだんだん小声になって退散したこともあった。それ以来、アケミはシノブちゃんがますます嫌いになった。はじめて見るから使い方がわからないのに、それをばかにするようなことをいうなんて性格が悪すぎる。しかしそのシノブちゃんが、あの女子美を受験するというのだ。彼女は特に図工が得意なわけでもなかった。成績だってそれほどよくはない。

「どうせ、お金よ」

アケミの隣の席の子がささやいた。

「そうかな」

「そうに決まってるわよ。だってあの子、ぜーんぜん、絵なんて上手じゃないよ」

たしかに図工のときに先生に褒めてもらっていた覚えもない。お金があれば、才能がなくても行きたい学校に行けるのかと、悔しいような当たり前のような、不思議な気持ちになった。

「でも、受かるかどうかわからないけどね」

その子はえへへと笑った。でもシノブちゃんは自信満々で、すでに受かったような態度だった。

久しぶりに父親が帰ってきたとき、母親が私立のことを話した。何だかんだといっても、母親はそういうことは父親の耳にいれておくのだ。アケミは絶対に父親は受験するなというに決まっていると思っていた。私立はもちろん公立の何倍もお金がかかる。仕事をしてお金をもらうと、まっさきに自分の欲しいものを買い、しぶしぶ生活費を母親に渡すような父親が、喜んで私立の学費を出すはずがない。

「中学校から美術に行くって決めないほうがいいんじゃないか。まだどういう方向に行くか決められないんだし、どうしても行きたかったら、高校から行けばいいじゃないか。でもいっておくが、美術系でパパが認めているのは、芸大か桑沢デザイン研究所だからな」

父親はいつになく真顔でいった。

（そういういい方もあるのか）

アケミはわかりましたとおとなしく引き下がった。父親の言葉を聞いた母親は、彼が風呂に入っているとき、

「久しぶりにパパのまともな意見を聞いたわ。その通りよ。高校生からでも遅くはな

いから中学は公立に行きなさい」

とアケミにいった。母親も意外に単純だった。

中学受験を控えた子は、家庭教師をつけたり、放課後、先生に勉強を見てもらったりしていた。隣のクラスで女子美を受ける子がいたが、彼女はとても絵が上手で、それは納得できた。彼女に聞いてみると、

「女子美の付属っていっても、中学校は普通の学校とほとんど変わらないらしいよ」

といっていた。普通の学校と変わらないのなら、あの制服が着られるのはうらやましい。でもアケミは衿無しブレザーを着る運命が決まっているのだ。

「ま、いいか」

受験のための勉強をしはじめた子たちを見て、アケミはぼーっとしていても入れてもらえる、公立のほうが楽だと考え直した。

そして受験なんかぶっとんでしまうくらい大きな、ビートルズの来日が発表された。熱狂するアケミを見て、母親は何がいいのかというような顔をした。新聞にはライオンのビートルズ公演無料ご招待の広告が出ていた。もしも当選したって、小学生がそんなところに行けるわけがない。

「あーあ、もっと大人になっていればよかった」

でもビートルズが自分と地続きのところにいるなんて、想像もできない。まだかまだかとカレンダーに×印をつけて、やっと六月の末に彼らはやってきた。JALの法被《はっぴ》を着て飛行機から降りてきたのをニュースで見て、胸は高鳴った。武道館に行けないのなら、テレビの前ですこしも忘れないようにと、目をかっと見開いて脳みそに覚えさせておかなくてはならない。放送の当日、アケミは父親にことわってカセットテープレコーダーをテレビの前に置いておいた。手荒く扱ってこわしたら大変だからと、彼も家に帰ってきていた。音を録音し、四人の姿はカメラでテレビ画面を撮るつもりだった。

「あらあら、大変」

母親は呆れ顔だった。晩御飯のあとに食卓の上に落花生が置いてあった。アケミは腹いっぱい晩御飯を食べたはずなのに、それを食べずにはいられなくなった。ぱくぱくといくらでも入っていった。

「ちょっと、興奮してるんじゃないの。いいかげんにしておかないとお腹をこわすわよ」

確かにそうだと頭では思うものの、体が落花生を食べたくてしょうがない。そして夜の九時に番組がはじまるとそのペースに拍車がかかった。しかしいつまでたってもビートルズは出てこないで、ドリフターズがコントをやっている。ふだんはドリフも好きだったが、このときばかりは早く引っ込めといいたくなった。

待ったあげく、やっとビートルズが出てきた。アケミは画面ににじり寄っていき、手にしたカメラでぱちぱちと写真を撮りまくった。そのとき背後で、母親の、

「お金がないんですけど」

という声がした。

（こんな大切なときに）

アケミはカメラのファインダーをのぞきながら、舌打ちをした。

「この間、渡したばかりじゃないか」

「足りるわけがないでしょう。あれだけで」

「それをうまくやりくりするのが主婦だろうが」

「やりくりしろったって、限界がありますよ」

「いつも金をくれって、本当にお前はうるさい」

「じゃあ、飢え死にしろっていうんですか」

アケミは鬼の形相をして振り返り、声を出さずに口の形だけで、

「う、る、さ、い」

と怒った。しかし両親の喧嘩はそれからますます激しくなり、怒鳴りあいになった。

アケミは必死になって、テレビのスピーカーにレコーダーを近づけた。

あっという間にコンサートは終わってしまった。

「うるさいんだよ！」

仁王立ちになって怒鳴ると、

「子供のくせに親にうるさいとは何事だ」

と二人に口を揃えて怒られた。アケミはむっとしながら、レコーダーを抱えて部屋に入った。胸をときめかせながら再生してみると、そこに入っていたのは、ものすごく大きな両親の声と、その合間から聞こえる、ビートルズの「ロックンロールミュージック」だった。最初から最後まではっきり聞こえてきたのは夫婦喧嘩だ。これではまるで、夫婦喧嘩を録音したみたいではないか。アケミはがっくりと肩を落とした。そして父親が現像してくれた写真は、どれもこれもぼやけていて、四人の姿はまるで幽霊だ。

「とほーっ」

アケミは首をうなだれ、これからの自分にはいいことが起らないような気がしてきた。

子供の苦労、親知らず

母親は父親がほとんど帰ってこないのをいいことに、パートに出かけるようになった。家の中でじとじとと文句をいいながら家事をしていたときと違い、顔も明るくなりやたらと笑う。アケミはそんな母親を見てよかったと喜ぶよりも、これが夫婦喧嘩の火種になって、またひと悶着あるぞと思っていた。彼女が働きはじめたのは、ぬいぐるみ会社のアトリエだった。デパートでその会社のぬいぐるみがたくさん売られているのを、アケミは知っていた。母親が担当したのは体長三十センチほどのリスだった。ちょっとカールした茶色の生地で体を作り、赤、黄色、ピンクのフェルトで作った花束を持たせる。母親はうれしそうに、作りかけのリスを持って帰ってきて、

「これがこうなって、ここをこう留めて」

とアケミに説明した。アケミは小学校に上がるころから、母親に編み物を習ってい て、手芸に興味があった。だからこういう話題のときは母親の相手をしなくてはならなくなるのである。

「ふーん」

もともと手芸や手作りが大好きな母親は、自分の好きなことをして、たくさんは貰えないにしても収入があるというのが、とてもうれしそうだった。ぬいぐるみはとてもかわいらしく、誰にあげても喜ばれそうだった。

彼女は頼みもしないのに、アケミやタロウのために、ウマ、イヌ、クマ、ネコなどのぬいぐるみを次々と持って帰ってきた。

「はーい、おみやげ」

あまりににこにこしながら袋から取り出すので、アケミとタロウは、それほどうれしくないのに、

「うわあ」

と大げさに喜ぶふりをした。たしかにぬいぐるみはかわいかったが、それほど欲しいわけではない。棚にひとつひとつぬいぐるみが増えていくたびに、

「ぬいぐるみだけが、欲しいわけじゃないんだけど」

とアケミはつぶやいた。それらのぬいぐるみは検品でひっかかり、店には出せないもので、よーく見ないとわからない、ちょっとした縫い目のずれや、布地の傷があったりした。

「イヌちゃんはただだったし、ウマちゃんはとっても安かったの」

母親は安い買い物をしたといいたげに喜んでいた。

「ふーん、そうなの」

せっかく働きに行っているのに、ぬいぐるみばっかり買っていたらしょうがないではないか。アケミには必要がないぬいぐるみを安く買ってくるのなら、そのお金をお小遣いとしてくれるか、貯めてブラウスの一枚でも買ってきて欲しいと思ったが、それはいえなかった。頼むからもう持って帰ってこないでくれと願った。

会社が作っている十種類のぬいぐるみ全部を揃えたところで、おみやげは終わった。心からほっとした。幼稚園に通っている近所の女の子が遊びに来ると、棚のぬいぐるみを見て目を輝かせ、

「だっこさせて」

といった。アケミがウマのぬいぐるみを手渡すと、彼女は胸に抱いて放そうとしなかった。アケミはこれ幸いと、

「欲しかったら持っていっていいよ」

といった。

「ほんと？」

その子の目はまん丸く見開かれ、あめ玉みたいになった。

「いいよ、あげるよ」

人の気配がして振り返ると、母親が残念そうな顔をしていたが、女の子が有頂天になって、ぬいぐるみをだっこしてはしゃぎまわっているので、まさか取り返すわけにもいかず、苦笑いになった。ぬいぐるみを抱えて女の子が帰ると、

「ちょっともったいなかったんじゃないの」

と小声でいった。

「あんなに欲しがっていたんだもん。喜んでたからいいじゃない」

ぬいぐるみだってアケミの部屋に邪魔っけに置いてあるよりは、女の子の家に喜んで置いてもらったほうが幸せだ。きっとあのウマはこれから何百回となく女の子に抱いてもらって、かわいがってもらえるだろう。アケミの部屋にあったら、ほこりだらけになるのが関の山だ。

「それもそうね」

母親はうなずいて引き下がった。

自分が使えるお小遣いがちょっとだけできた母親は、パートの帰りに妙なものを買って帰ってきた。いつも、

「お金がない、お金がない」

とこぼしながら、パートで働いた分をきちんと貯金するという考えは、母親にもないことがわかった。父親もそうなのだから、うちにお金が余らないのは当たり前だ。

「ほら、見てごらん、これ、よくできてるのよ」

彼女が買ってきたのは、青いざる三個とアンダリアという麦藁のような感触の、夏向きの手芸糸だった。それは「ざる手芸」といわれるもので、一個を上向きに置き、そこに底をくりぬいたざるを下向きにかぶせ、三個目も底をくりぬいて上向きに置く。口が開いたつぼ状の物体ができあがる。そしてそのままでは不格好なので、ざるの目に色とりどりのアンダリア糸を刺して装飾する。台所用品できれいなお飾りができるという、画期的な廃物利用手芸だった。たまたま使い古しのざるがなかったので、セットになった商品を買ってきたが、

「小さいざるを使えば、机の上の小物入れになるし、大きいざるを使えば、ごみ入れにもなると『みやこ手芸店』のおばさんがいっていた」

と彼女は興奮していた。しかしアケミにはどう見ても、それがかっこいいとは思えず、

「ふーん」

と鮮やかなブルーのざると、赤、黄色、緑色の玉巻きのアンダリア糸を眺めていた。

母親はちゃっちゃとざるを重ね、これまたちゃっちゃとアンダリア糸で模様を刺し始めた。ざるの目はそれほど細かくないので、あっという間に「ざる手芸」は完成した。

「でーきた。はっはっは」

「どう?」

母親は上機嫌だったが、完成品を見ても、アケミは首をかしげざるをえない。

「いいんじゃない」

としかいえない。

「中に何をいれようかしら」

彼女は装飾を施したざるを両手で持って、家の中を歩き回った。

「お姉ちゃん、使う?」

アケミは首を横に振った。

「あら、そう。じゃあ、鏡台の横に置いて使おう」

一面鏡の隣にざるは置かれて、一件落着した。たたみの部屋の中で強烈なポイントにはなったが、アケミの目には青いざるが三個重なった土台の物体が透けて見え、どんな色の糸できれいに模様を刺しても、もとはただの青いざるの物入れが、早くだめになってくれるようにと祈るばかりだった。

あまりに簡単に「ざる手芸」が完成することがわかった母親は、次はめいっぱい大きなざるを三個買ってきて、ごみ入れを作った。

「できた、できた」

と喜んでいるのは母親だけだ。こういう物が父親の気に入らないことは、誰が見ても一目瞭然だった。

(あーあ、またこれでもめ事がひとつ増える)

アケミはうちの両親は、本当に気が合わないのだと思った。どうして母親は明らかに父親が気に入らないことばかりをするのだろう。またどうして父親は母親に文句ばかりいうのだろう。どう考えてもお互いに嫌みをしあっているようにしか見えなかった。

で、久しぶりに父親が帰ってきて、予想通りの騒動になった。パートに出ていると

いわれた彼は、

「それなら生活費は渡さない。パート代でまかなえばいいだろう」

といいだした。

「そんなに稼げるわけはないでしょう。少しでも余裕があればと思ってパートに出ているのに、生活費が減らされたら意味がないじゃないですか。少しでも自分が使えるお金が増えればいいと、虫のいいことを考えているんでしょう。本当に自分のことしか考えてないのね」

「いうことを聞かないからだ」

「あなたのいうことを聞いていたら、生活なんかできませんよ」

「できてるじゃないか。別に飢え死にもしてないし、どこが不満なんだ」

「少しは反省して下さいよ。父親なんですよ。自分のことばっかりしか考えてないんだから」

分が悪くなってきた父親は、ぷいっと横を向いた。そのときに目に入ったのが、ざる手芸のごみ入れだった。

「何だ、これは」

母親もそっぽを向いて答えない。彼は立ち上がってごみ入れを手にとり、ためつす

がめつしていたが、

「こんなくだらない趣味の悪いものを作って」

と玄関に放り投げた。中からかみくずが転がって出てきた。アケミは心の中でうなずいた。母親は耳を真っ赤にしたまま、そっぽを向き続けている。

「こんなくだらない物を買って作る無駄な金があるんだったら、今後一切、生活費は渡さないからな」

「いいじゃないの。楽しみなんだから」

「余裕があるじゃないか」

「あなたの使うお金に比べたら、微々たるものじゃないですか。何よ、帰るたんびに新しい服を着て。この子たちは新しい服なんて買ってやってないんですからね。全部、私が縫って着せてるの。かわいそうだと思わないんですか」

父親はちらりとこちらを見てアケミと目が合った。アケミがじーっと見つめると彼は目をそらせた。

「ふんっ」

父親は財布から五千円札を出し、母親の顔めがけて投げつけ、大股で家を出ていった。車の発進音がした。またしばらくは帰って来ないだろう。

「持っているんだったら、さっさと出せばいいのよ」

母親は仏頂面をして、お札を財布にしまった。

(だから、そうじゃなくってさあ)

アケミは呆れた。嘘でもいいから「ありがとう」のひとことでもいえば、父親の態度が変わるかもしれないのに、いくら彼が悪いからといって、耳にたこができるくらいに、

「金がない、金がない」

といわれたら、頭にくるに決まっている。アケミだって、

「勉強しなさい」

といわれ続けたら、やる気があっても失せる。

(そんなこともわかんないのかねえ)

母親は父親を尊敬しているわけでもなく、ただお金の運び役だと思っている、お金さえもらえば用はない。父親のほうは彼女にお金を渡さなくても、やりくりをちゃんとすることを望んでいる。

「そんなんで気が合うわけがないじゃん」

夜、布団に入りながらアケミはつぶやいた。あんなにお金がないといいながら、こ

れまで生きてこられたのは不思議だった。本やレコードは買ってもらえるし、学校にはアケミの家よりももっと貧乏な子がいる。家族五人でひとつの部屋に住んでいる子もいるし、給食費を払えない子もいる。そういう子たちに比べれば、ましだった。今の状態は大金持ちでもなく小金持ちでもなく、ごく普通だ。この間まで小金持ちだったが、あっという間に普通に転落したのである。アケミは母親は、普通が貧乏にならないように、必死になっているのだと思おうとした。しかしそれならなぜ、パートで稼いだお金で誰も欲しいとねだってなんかいないぬいぐるみを持って帰ったり、これまた誰も欲しいといわなかった「ざる手芸」のセットを買ってきたりするのだろう。

「そんなにお金がないっていうんだったら、少しでも貯金しろよ」

アケミは小声でつぶやいた。母親よりも父親の考えていることのほうがよくわかるような気がした。お金を稼いでも自分の欲しい物がたくさんある。だからすぐに買ってしまう。だからお金がなくなる。小学生でもわかる。とってもわかりやすい。しかし母親はわからない。お金がないのなら買えないか、少しでも買わないで我慢するかなのに、何の役にもたたない物を買ってきて喜んでいる。

「あーあ」

アケミはぼわーっと大あくびをして目をつぶった。母親がにこにこしながら、とてつもなく大きなざるを三つ重ねて中にアケミを入れ、ざる手芸に励んでいる夢を見た。

アケミの目の前では父親が、

「こんな趣味の悪い物、おれは許さんぞ」

と右手をぐるんぐるん回しながらわめいている。アケミはざるの中から出るに出られずに、当惑しきっている。そして朝、目が覚めた。腹が立った。

クラスの子たちは、夏休みは旅行にいったり、遊びにいったりするのに、別に期待していなかったが、やっぱりアケミはどこも連れていってもらえなかった。へたにどこかに遊びにいって、外で大喧嘩されるよりは、ずっと家にいたほうがましだった。

タロウも自分の生まれた家の状態を悟ったのか、どこに行きたい、ここに行きたいとねだることはなく、ただじーっとおとなしくプラモデルをいじくっていた。汗を拭き拭き、母親はパートに通い続けていた。パート先に、

「私はね、お金に困ってここで働いているわけじゃないの」

としつこいくらいに他のパート仲間にいう、オマタさんというおばさんがいる。暇で他にやることがないから来ているので、あんたたちとは違うというようないい方をするとグチをいった。

「失礼しちゃうわ。まるでこっちがお金に困っているみたいじゃないの」

「だって、そうじゃない」

母親はそういったアケミをにらみつけた。

「お金がないからパートに行ってるんでしょ」

「それはそうだけど……」

口をへの字に曲げて、母親は不愉快そうな顔をしていたが、

「とにかくオマタさんは、性格が悪いのよっ」

とい捨てて、台所に姿を消した。アケミのひとことが気に障ったのか、ふだんよりも晩ご飯のおかずが一品、少なかった。

「これだけ？」

と聞いたら、

「文句があるのなら、食べなくていいっ」

と怒鳴られた。

新学期もはじまったある日曜日、朝、起きると、

「ほら、ちょっと、これ見てごらん」

と母親が新聞をアケミに見せた。見出しの「当たり屋」という文字を見て本文を読むと、親がわざと子供を車にぶつけて、相手からお金をゆすっていた「当たり屋」が

逮捕されたと書いてあった。

「ひどい親がいるもんだねえ。いったい何を考えているんだか。子供が死んだらどうするんだろう」

どうして母親がこの記事を読ませようとしたのかなと考えた。ただひどい事件だからというつもりだからか、こんな親よりはましだといいたかったのか。こういう親から見たら、いくら喧嘩ばかりしている両親でも、ずっとましにみえる。だいたい命まで取られる可能性はない。もしもアケミが当たり屋の子供に生まれてしまったら、すぐにそんな親からは逃げ出すだろう。そんな親には用はない。当たり屋の両親ではなかったが、アケミはこのごろとみに家を出たくなった。自分でお金が稼げれば好き勝手にできる。

「早く自分でお金が稼げるようになりますように」

子供の命を奪おうとするほどひどい親ではないが、もめ事の連続。どっちつかずの中途半端で、いつまでたっても家を出るふんぎりがつかないではないかと、アケミはうんざりした。

子供なんて大嫌い

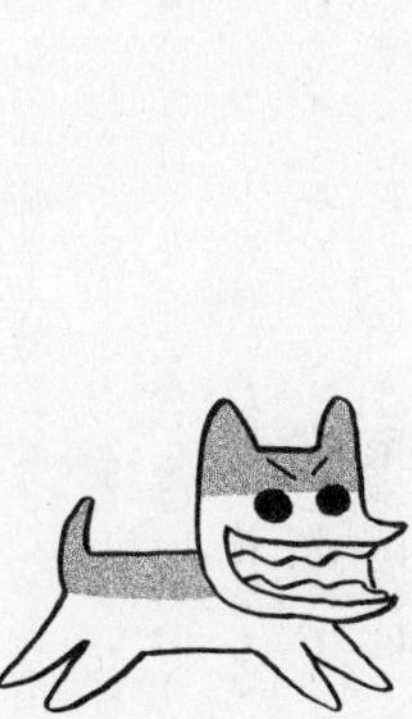

中学受験もなく、どうせあとは卒業するだけだからと、アケミはますます勉強をしなくなった。零点はちょっと恥ずかしいが、テストで二十点や三十点をとってもどうってことはなかった。両親が学校の成績については何もいわないのをいいことに、返ってきたテストはすぐに捨てた。勉強なんてどうでもよかった。楽しみはレコードを聴いたり雑誌を読んだりすることだけだった。欲しいレコードはたくさんあったが、いくら本とレコードは好きなだけ買ってもらえるとはいっても、アケミは母親にそれをいうのは、あまり気がすすまなかった。「買ってちょうだい」とか「これ欲しい」とねだるのは、自分がみじめになったみたいでいやだったし、そういう言葉を口に出すのが恥ずかしい。

「ビートルズのレコードが欲しい」

と母親にいったのは、画期的な出来事だったのである。買ってもらうくらいならば、お金を貯めて買う。たとえばＬＰレコードを、

「買って」

を百万回いって買ってもらうよりは、何か月かかっても、お金を貯めて買うほうがよかった。両親にはそういわれたことはなかったけれども、何かアケミにとって叱られるようなまずいことが起きたとき、

「あのとき、あれを買ってやったのに」

などといわれたら、立つ瀬がない。とにかく両親と渡り合うには弱みを握られてはいけないのであった。

聴きたい洋楽のレコードは、同じクラスの友だちのお姉さんやお兄さんから借りた。同級生の家に行くのも、その子たちと遊びたいのではなく、お姉さんたちから洋楽の情報を聞き出したいからだった。友だちの家に遊びに行くと、アケミはいちおう友だちと遊んでお茶を濁し、お姉さんの部屋に行ってレコードを聴いたり、雑誌も見せてもらった。のけものになった同級生は、近所の別の子を呼んできて庭で遊んでいた。アケミはお姉さんたちから、いろいろなものを見せてもらった。音楽雑誌だけでなく、

「女学生の友」「マドモアゼル」「美しい十代」といった女子高校生向きの雑誌も読ませてもらった。アケミは自分も欲しくなって、六年生になって六百円に上げてもらったお小遣いのなかから買うようになったが、全部は買えないので、同級生になったネモトくんちが経営している貸本屋さんで借りた。いちばん最初はどうしても入りにくくて、何度も店の前をうろうろした。小さな机の前でネモトくんのお母さんが何か読んでいるのか、うつむいて店番をしていた。顔も体もころころと丸い人だ。意を決して店内に入るとおばさんがはっと顔を上げた。そしてアケミだとわかると、

「ああ」

といってにっこり笑った。

「こんにちは」

ぺこりと頭を下げると、背後のカーテンを開いて、

「ちょっと、ちょっと」

と奥に向かって叫んだ。しばらくしてネモトくんが顔を出した。

「あっ、どうも」

「こんにちは」

別に彼が出てきてもどうってことはないのだが、おばさんがいる手前、挨拶くらい

しなければならないような気がしたのだった。彼はすぐに引っ込んだ。

高校生向きの雑誌だけだといけないかなと思い、サザエさんをまぜた。おばさんは本の後ろの値段表を見て、

「このサザエさんは古いから五円なの」

といった。

「はあ、そうですか」

いわれるままお金を払い、本を抱えて帰った。本一冊よりも安いお金で何冊も借りられる。そしてぜーんぜん怖いことなんかないし、子供にも貸してくれた。それからアケミはネモトくんちの常連になった。外に出て遊ぶよりも、家の中で本を読んだり、レコードを聴いたりしているほうがだんだん楽しくなってきた。

父親は「週刊プレイボーイ」を手に、にこにこしながら家に帰ってきた。

「どうだ、洒落ているだろう」

彼はまるで自分が作ったかのように、自慢げに雑誌を見せた。女の人の裸が動物になっている表紙を見せられても、アケミは何ともいう言葉もない。母親は、

「子供がいるのに、そんな雑誌を持って帰るとは」

とまた怒った。父親が意気揚々と新しい物を持って帰ると、必ず彼女は怒るのであ

る。そのパターンは幾度となく繰り返され、キノシタ家の風物詩になっていた。彼は彼女がいなくなると、

「あいつはセンスのない田舎者だからな。こういうものはわからないんだ」

とアケミに耳打ちした。そういわれてもアケミはいちおう母親の血が半分まじっているので、

「そうだよね」

と全面的に賛成もできず、ただ黙っているしかない。どうしてそんなセンスのない田舎者と結婚したのか、アケミは不思議で仕方がなかった。結婚というものはお互いの趣味とか意見が一致してするものなのではないだろうか。結婚する人はお互いが好きで結婚するのではないだろうか。

「わからん」

同級生の女の子には加山雄三が大人気だったが、だいたいどこがいいのか、全くアケミには理解できなかった。アケミは自分は結婚しないだろうし、できないだろうという気がしてきた。何も考えずに、テレビの「ウルトラマン」に熱中しているタロウが、何となくうらやましかった。

母親は「女学生の友」を買うアケミに、

「まだこういう本は早いんじゃないの」

といった。その言葉をアケミは無視した。本を読むのに早いも遅いもあるもんかと思っていたからだった。そのときに読みたい本を読めばいいじゃないか。だいたい父親もそうだが、母親が本を読んでいる姿を見たことがない。ただ一度、「女のいくさ」という本を読んでいるのを見たことがあるがそれだけだ。本を読まない人に何をいわれても、痛くもかゆくもなかった。

「いったい、どこが早いっていうんだ。来年から私だって中学生だ。やぼったいデザインだけど、いちおう制服を着て学校に行くんだぞ」

きっと母親は本の中身を見て、男女交際について書いてあるのを気にしたのに違いない。どうしてそんなくだらないことを気にするんだろうか。そういうことが書いてある本を読んだからって、男女交際をするわけでもない。ただたまたま買った本にそういうことが載っているだけだ。アケミはそんな記事よりも、付録のスタイルブックや芸能人の話のほうにずっと興味があった。先まわりをして余計な詮索をする母親のほうが、どこかいやらしい感じがしていた。

女の子のなかには中学生になることに興奮していて、中学校に入ったらバラ色の出来事が待っていると思っている子も多かった。私立を受験しない大多数の子が行く公立の中学校は、小学校の道を隔てた向かい側にあった。もっと離れていて建物が見えないとか、少しでも想像する余地があればまだ楽しいのかもしれないが、四年生で転校してきたときから、ずっと中学校は見慣れている。目新しくも何ともない。それなのにうきうきしている女の子がいた。

「わからん」

アケミは首を振った。それをぽろっと同級生にもらすと、彼女は、

「だってさあ、かっこいい転校生が来るかもしれないじゃない」

といった。

「転校生ねえ」

「そうだよ。転校生っていろんなところから来るんだよ」

それはそうだけど、かっこいい子ばかりが来るとは限らないではないか。それにかっこいい子がいても、向こうが自分を好きになってくれるとは限らない。彼女はまるでかっこいい男の子とつき合えるかのように、夢みる目つきをしていた。アケミもちらりとだが、

（リンゴ以外の、ビートルズのメンバーと結婚できるかしら）

と思ったことはある。しかしこんな小さな国に、何度もビートルズが来てくれるわ

けでもなく、それは天地がひっくり返っても不可能だということはわかっていた。だめなことはだめだとわかっていいはずなのに、女の子たちはそうではなかった。すっごく素敵な男の子とつきあって幸せな結婚をして、かわいい子供を育てることを夢見ていた。頭のいい女の子は、

「弁護士になるわ」

といっていたが、アケミ程度の成績の女の子たちは、ほとんどみんなお母さんになることを夢見ていたのである。

(お母さんて、そんなに幸せか?)

あまりに人数が多いので、口の悪いアケミも大声でそうはいえなかった。

「うちのお母さんが、女は子供を産んで一人前だっていってた」

としたり顔でいう子の周りで、女の子たちは、うんうんとうなずいていた。アケミはそんな彼女たちを見ながら、

(お母さんって、そんなに幸せか?)

と腹の中で彼女たちに向かっていい、またまた腹の中で力いっぱい、

(子供なんて大嫌い)

と叫んだ。

下校のときに赤ん坊や幼い子供を見ると、頭のてっぺんから、

「わあ、かわいい、かわいい」

と大騒ぎする子たちの気がしれなかった。あのぐにゃぐにゃとした芯のない、うすらハゲの赤ん坊のどこがかわいいのだろうか。子供だってすぐにぴーぴー泣くし、だだをこねるし、あんなものがかわいいなんて、どうかしてる。アケミを残して、彼女たちはどどーっと子供に走り寄り、声をかけたり頭を撫でたりしている。子供を連れているお母さんもとってもうれしそうだ。そして道ばたで無表情で立ちつくしているアケミの姿を見て、不思議そうな顔をした。

（みんなが子供を好きだと思うなよ）

かわいがられて当然と思っているような母親の顔もいやだった。わざとらしい彼女たちよりも、子供をかわいいとは思わないと正直に態度に出す自分のほうが、ずっとましだ。買い物に行って手を引かれている子供たちと目が合うと、アケミの殺気に気がついたのか、彼らはおびえたような顔をした。なかには火がついたように泣き出す赤ん坊もいた。そんなとき妙な満足感がわいてきた。

子供なんかかわいくないというアケミに、母親は、

「どうしてかしら。あんた、タロウが生まれたときにかわいがってたじゃないの」

といった。たしかにそうだった。タロウが生まれた日のことは覚えている。父親のこぐ自転車に乗って、病院まで見にいったのだ。家には父親が撮影した、赤ん坊とお姉ちゃんになったアケミの姿を写した写真が山のように残されていた。産着姿のタロウに添い寝するアケミ。抱っこするアケミ。頭を撫でているアケミ。それを見ると赤ん坊がきらいだなんて誰も思わないだろう。今、タロウがかわいいかと聞かれると、そのときみたいにはかわいがれない。

「どういうわけだか、こいつが弟として生まれてきちゃったからしょうがない」

というのが正直な気持ちだ。

「こいつがいなければ、おやつを一人じめできるのに」

と何度考えたかわからない。でも、

「どこかに行け」

というわけにもいかず、お姉ちゃんとしては弟を守らなければならない。弟が意地悪な男の子たちにいじめられているのを見たら、知らんぷりすることはやっぱりできない。できれば関わり合いたくないが、反射的に相手に殴りかかってしまうだろう。そんな自分を想像すると、世の中に負けたような気になった。

夏休み中、父親は家に帰ってこなかった。夏場は暑いので少しでも家の中にいる人数は少ないほうがいいので、生活するには具合がいい。しかし暑さと腹立ちが相俟って、母親の機嫌は最悪だった。ぬいぐるみのアトリエの仕事も続けていたが、真夏にぬいぐるみを作る作業はとてつもなく暑苦しく、意地悪な同僚もいるので、最初のころとは違って、いやいや行っているようにみえた。

「やめればいいじゃない」

仏頂面の母親にいうと、

「でもやめると生活費が」

とぼそっという。さすがにざる手芸には飽きたのか、ざるもアンダリヤ糸も買ってこなくなった。少なくともその分は無駄遣いされていないはずだ。

「じゃあ、いけば」

アケミがいい放つと、母親はぷいっと立ち上がって洗濯物を取り込み、こちらに背を向けてたたみはじめた。背中がずっと怒っていた。ぶつぶついっているので、何をいっているのかと聞き耳をたてたら、父親へのいつもの愚痴だった。アケミに拒否されたものだから、乾いた洗濯物めがけて毒づいている。アケミは何事もなかったかのようにサンダルを履いて外に出て、道路を隔てていちめんに広がっている畑に向かって、

「はーっ」

と大きく深呼吸をした。

夏が過ぎ、秋になってもアケミが勉強をしないのは同じだった。小学校の卒業式に中学校の制服を着ることになっていたため、寸法を測りにお店に行った。冬服のジャンパースカートとV襟の襟なしジャケット。夏服はプリーツの吊りスカートに、丸襟の白いブラウスだ。黒い靴も買わなくてはいけない。かわいいところがどこにもない制服だ。

「物いりなのに……」

事あるごとに母親の愚痴は増えていった。アケミは聞こえないふりをして知らんぷりをするようになった。母親は体の具合が悪いと、以前からみんなが診てもらっているお医者さんに通っていたが、

「どこも悪くないですよ」

といわれ、浮かない顔でもらったビタミン剤を飲んでいた。お金がないといいながら、アケミたちはひもじい思いをしたこともないし、最低限の欲しいレコードや本は手に入れることができた。制服だって作ってもらえる。

「本当にお金がないのか」

ないないというわりにはどこからか出てくる。ないよりはあるほうがいいので、その点についてはアケミは母親を追及しなかった。

父親はほとんど家に寄りつかなくなってきた。さすがにホンダのスポーツカーから、アケミが名前も知らない普通の車に程度が下がったが、車がないと彼がいないとわかるので、

「ご主人、お忙しいのねえ。車を全然見かけないですものねえ」

と大家さんからいわれ、母親は、

「ええ、まあ」

とあせりながらこたえていた。父親はこのままずっと帰ってこないのかと思っていたが、ふた月に三日くらい、ふらりと戻ってきた。いっそのことずっと帰ってこなかったら、捜索願も出さずに放っておくのにと、アケミはちょっと残念だった。母親はそんなことになったら、やっぱり捜索願を出すのだろうか。

クラスの女の子たちは、かわいいサイン帳を探すのに一生懸命だった。どうやって好きな男の子に、お別れの言葉を書いてもらうか、みなうっとりとして話し合っている。

「書いてくれるかしら」

「卒業だもの、書いてくれるよ」

暇さえあればそんなことばかりを話している。

「ふん、どうせみんな同じ中学に行くんじゃないか」

ばかばかしいとアケミは呆れた。

「でもさあ、そういうことがないと、好きな男の子と喋れないんだよ」

隣の女の子はそういった。誰もが好きな男の子と普通にしゃべれるわけがない。なかには好きな男の子に堂々と話しかけたり、一緒に帰ろうと積極的に誘ったりする女の子がいたが、そういう子は女の子たちに、図々しいと嫌われていた。内気な女の子にとっては、好きな子と人目を気にしないで喋れる唯一の機会なのだ。おまけに彼が書いた文字や絵が一生、ノートに残る。それは意味があるのかもしれないとアケミは考え直したが、自分には関係ないことのような感じだった。

女の子たちは連鎖反応のように次々にサイン帳を購入し、何かに憑かれたように、

「書いて、書いて」

とクラス中をかけずりまわっていた。それほど仲がよくなかった子にまで書いてもらうのは、どういうつもりだろうとアケミは首をかしげた。みんな友だちの記念をもらうというよりも、少しでもサイン帳のページを埋めることのほうを優先しているよ

うだった。

「アケミちゃんもみんなに書いてもらいなよ。記念になるからさ」

友だちに諭されて、しぶしぶ紺色の表紙のサイン帳を買った。なかには、

「まだ書いてもらってない奴はいるか。いくらでも書いてやるぞ」

と叫ぶ男の子もいた。彼は芸能人のサインみたいに自分の名前を書いて得意になっていた。

「あのな、ネモトな、お前のこと好きらしいぞ」

アンドウくんが教室のうしろのほうにいる彼に目をやりながらアケミにいった。

「うそ」

「ほんとだよ。この間、みんなでコクハクしたんだもん」

「コクハク？」

男の子たちが自転車で、団地のそばの林まで遊びに行ったときに、誰が好きかコクハクしたのだという。

「ねえ、ねえ、誰が誰のことを好きなの？」

自分のことよりも、人のことのほうに興味がわいてきた。

「ないしょ」

きっぱりアンドウくんはいった。

「男と男の約束だからな」

約束はわかったが、だからいったいどうしろというのだろうか。アケミが黙っていると、アンドウくんは、

「それだけ」

という。

「ふーん、どうしてかなあ」

「お母さんと似てるからだってさ」

がっくりした。あのまん丸なお母さんと似ているといわれるなんて。そりゃあやせてはいないけど、あそこまで太っていない。

「それだけ」

アンドウくんはもう一度いって、男の子たちが集まっているところに走っていった。

「私はどうすればいいのだ」

いちおう彼にサインをもらうべきなのだろうか。これからも本は借りたいから、邪険にもできない。アケミは友だち何人かにサインをしてもらったあと、ネモトくんのところに行って、何か書いて欲しいといってみた。すると彼は目を輝かせ、

「サイン帳、あずかってもいいかな。ちゃんと書きたいから」

といってサイン帳を持っていってしまった。

「あ…はい……」

アケミは彼の気迫に断わることもできず、サイン帳を渡した。

彼は手塚治虫を大尊敬していて、将来、漫画家になりたいといっていて、絵はとても上手だった。三日後、彼は上気した顔でサイン帳を持ってきた。

「これ」

「あ、どうも」

誰かが、ひゅー、ひゅーといったような気がしたが、アケミはそそくさとその場を離れた。そして鞄に入れたまま、学校では見ないようにした。家に帰っておそるおそる開いてみた。

「う……」

何と十ページにわたって漫画が描かれているではないか。おまけにオールカラーだ。ていねいに描かれた絵を見たアケミは、

「うーん」

といいながら、ほっぺたを掻いた。こんな大作を描かれたら、もう他の人にサイン

はもらえない。みんな前に書いた人のところを見るからだ。アケミはサイン帳を机の引き出しの中に入れ、卒業するまで二度と取り出すことはなかった。

卒業式のときも、アケミは全然、悲しくもなく涙も出なかった。そのかわり早く終わらないかと退屈で仕方がなかった。ネモトくんともどうなるわけでもなかった。二人共、同じ中学校に行くのだ。公立中学校の制服がずらっと並ぶなかで、女子美の制服を着た性格の悪いシノブちゃんが、目を真っ赤にして大泣きしていた。どうして彼女があんなに泣いているのかアケミには理解できなかった。卒業アルバムも配られた。クラスの寄せ書きには、アケミが書いた「努力」という二文字が載っている。みんなあれこれ書いていたが、アケミは面倒くさいなあとやる気が全くなく、適当に書いたのだ。家に帰るとアルバムを見た母親から、

「この『努力』っていうのはなに？　あんた、そんな気もないくせに、適当に書いたねっ」

と叱られた。

「はあ?」

アケミはのらりくらりとかわしながら、脱いだ制服のほこりを、いちおうはらっておいた。

練馬の学習院

入学式の当日、校長先生は挨拶で、

「うちの中学校は、練馬の学習院といわれたくらいの学校なのだから、みんなちゃんとするように」

といった。アケミはそれを聞いて、

(それがどうしたんだよ)

といいたくなった。いったいその「練馬の学習院」っていうのはどれだけ立派なものなのだろうか。そういわれていたとしても本物の学習院とは全然違うではないか。ものすごくいじましいような気がして、初日から中学校がいやになった。毎日同じ制服を着て、「練馬の学習院だからちゃんとしろ」というような先生がいる学校に通う。

小学校とは違い、一気に自由がなくなったような気がしてきた。そこで着ている制服がかわいければ少しは気もまぎれるが、いくら見てもやぼったい制服はますます気分を重くさせた。相変らず貸本屋さんには通っていたが、ネモトくんとは会えば、「よお」と挨拶するが、それ以上は話もしなかった。

アケミは運動する部に入りたくなって、放課後、運動部を観察していた。女の子にはバレー部が人気があったが、ものすごい勢いで飛んでくる球を、両腕でばしっばしっと受け止めるのは、ものすごく痛そうだ。また背が少しずつしか伸びなくなってきたアケミには、ジャンプする運動は向かないように思えた。バスケットボール部は見に行きもしなかった。水泳は水着になるのが嫌だったし、剣道部は正座が嫌だった。陸上部はほこりっぽいし、どれもこれも問題があった。それでも体は動かしたかった。するとたまたま家に帰ってきた父親が、

「卓球にしろ、卓球に」

という。どうしてかと聞いたら、最近は自動車事故が多くなってきているので、卓球をしていれば体の動きが敏捷になり、車に轢かれないというのである。卓球だと体育館の中でやるから、外のほこりにまみれなくていいし、第一、飛んでくる球をラケットで受けるから、体は痛くならない。

「いいかもしれない」

アケミはすぐに卓球部の部長のところに行った。部長は生徒会の副会長のものすごい美人の三年生だった。色白でお人形さんのようで、茶色い髪の毛をおさげにしていた。いつも背筋をすっと伸ばして、近寄りがたい高貴な雰囲気が漂っていた。彼女は、

「それでは一度、見学に来たらどうかしら」

といってくれた。

「はい、わかりました」

学校で上級生とそんなふうに話すのははじめてだった。三年生たちは自分たちと違って、とてもお兄さん、お姉さんのように見えた。なかにはすでにおじさん、おばさんみたいな人もいた。同級生で家が焼鳥屋さんのマミコちゃんに、

「卓球部に入ろうと思うんだ」

といった。

「私もそう思ってたの。どうしたらいいのかな」

それじゃあ、と部活の見学に誘った。それをそばで聞いていた、どことなく影の薄いおとなしいフミコちゃんが、

「あたしも行っていいかな」

と遠慮がちにいうので、彼女も誘った。

部活の日、体育館に行くと隅に四台の卓球台が並べてあり、男女それぞれの卓球部員が練習をしていた。女子卓球部はみなお揃いのブルーの半袖ポロシャツに、紺色のショートパンツを穿いていた。男子のほうは緑色、ブルー、濃紺とそれぞれ好きなポロシャツを着ていたが、下は同じショートパンツだった。

「ショートパンツか……」

絶対に自分には似合いそうになかったが、これを着ないわけにはいかないのだからしょうがない。部長に、

「こんにちは」

と頭を下げて挨拶をすると、部員を集めて紹介してくれた。副部長は同級生の男の子のお姉さんで、明るくてさばさばした感じの人だった。どの人もみんな感じがよかった。

「入部するにはどうしたらいいですか」

副部長がノートを持ってきて、そこに名前や連絡先を書いた。練習には体操着を着ること、授業が終わったらすぐここに来て、卓球台や球の準備をするようにといわれた。ネットの張り方を教えてもらったが、そのネットもずいぶんおんぼろで、あちら

こちらがねじれて台にセットをするのもうまくいかない。

「部費が出ないから買えないのよね」

部長がそういって静かに笑った。

アケミたちは制服のまま、緊張して部員の練習を眺めていた。お互い話もせずに、ずっと立ちつくしていた。部長がお下げをゆらして十本ずつ相手をする。そのたびに、

「よろしくお願いします」「ありがとうございました」

と挨拶をする。最後まで残って、片づけも手伝った。

「あのう、ラケットは買わなくていいんでしょうか」

マミコちゃんが聞いた。

「ああ、ラケットねえ」

部長はふふんと笑って、

「今はまだいらないわ」

といった。

「はあ、そうですか」

三人は緊張したまま返事をし、緊張したまま校門を出た。

卓球部に入ったのに、どうしてラケットがいらないのかわからない。しかしアケミ

はラケットが欲しくなって、母親に、

「すぐに必要だから」

と嘘をついてお金をもらい、駅前のスポーツ用品店に買いに行った。

「シェイクハンドですか、ペンホルダーですか」

そういわれてもよくわからなかったが、みんな四角いほうを持っていたような気がしたので、

「こっち」

と指をさした。

「ああ、ペンホルダーね。こうやって持つの」

ラケットの柄に人差し指をひっかけようとしても、指が短くてうまくいかない。それを見た店のおじさんは、

「ここはね、ナイフで自分の手にあわせて削ればいいの」

と教えてくれた。球も買った。卓球部に入って準備万端、整ったがいざ入部してみると、本当に卓球部に入ったんだろうかと思うくらいの状態だった。

週に三日、授業が終わるとすぐ体操着に着替えて体育館にすっとんでいき、重い卓球台をぜいぜいいいながら運び出し、ネットを張る。男子は新しいネットを使ってい

る。

「ずるいよね」

アケミがマミコちゃんにささやくと、

「男子のほうが強いからしょうがないんだよ」

という。男子の部長は生徒会の会長で、ニキビ面で体が大きく、

「こらー、どこ見てんだー、ちゃんと球をみろ」「動くのが遅い」

と後輩を叱りつける大声が体育館中に響き渡った。初日にいちおう、

「よろしくお願いします」

と頭を下げると、

「はい、がんばって」

と簡単にいわれた。

「はい」

ぺこりと頭を下げて引き下がった。いったい何をしていいのかわからず、三人はぼーっと台の横に立っていたのだ。

副部長と二年生が数人やってきたのを見て、反射的に頭を下げた。中学生になってから、先生よりも先輩のほうにたくさんお辞儀をしている。

「ご苦労さま。じゃあ、ランニングしてきて」

「は？」

「ランニングよ。校庭五周。トラックは陸上部が使ってるから、校庭全体を五周ね」

三人はいわれるまま、運動靴に履き替えて校庭に出た。

「私、ランニングなんて大嫌い」

マミコちゃんが顔をしかめた。

「同じ」

アケミもため息をついた。

「いつもお腹が痛くなっちゃうの」

フミコちゃんは走る前からすでに疲れている。でも副部長にいわれたのだから、やらないわけにはいかない。

「じゃあ、やるか」

三人は走り出した。二周回ったらへとへとになった。

「ふえええー」

妙な叫び声を上げて、フミコちゃんが遅れはじめた。

「大丈夫？」

二人が振り返ると、彼女は肩の長さでまっすぐ切りそろえた髪の毛を揺らしながら、

「もうだめえ」

と苦しそうにいった。

「あと三周だからがんばって」

「もうだめえ」

何回か声をかけたが、フミコちゃんはその場にへたりこんでしまった。アケミとマミコちゃんは二人並んで走り続けた。

「大丈夫かな、フミコちゃん」

最初は彼女のことを気遣う余裕もあったが、そのうち二人も切羽詰まってきて、何もいえなくなった。聞こえてくるのは、

「はあ、はあ」

という荒い息づかいだけである。フミコちゃんは走っては歩き、走っては歩きを繰り返していた。アケミは走りながら、

(どうしてこんなことをしなくちゃならないんだろう)

と暗い気持ちになった。早く卓球部らしいことをやりたい。これでは何のために入部したかわからないではないか。でも最初っからそんなことを、隣で走っているマミ

コちゃんにいうのは気がひけて、

(どう思ってるのかな)

とちらちらと様子を見ながら、とにかく早く終わってくれと願っていた。何周か遅れのフミコちゃんは、

「あたしのことはいいから、先に行って」

と苦しい息の下からいった。

「うん、わかった」

運動部に入ったのは、失敗だったかもと後悔した。校庭では三人と同じように、入ったばかりの一年生がそこここでランニングをしていた。

汗だらけになって体育館に戻ると、部長もやってきていた。

「タナカさんはまだ走っています」

と事情を説明するとうなずいた。そしてすぐ、

「それじゃあ、うさぎ跳び三周ね」

と体育館のギャラリーを指さした。

「へ?」

「あっちから上がって。舞台裏や階段のところはのんびり歩かないで走る!」

ちょっとぐらい休ませてくれるのかと思ったら、そんなに甘くはなかった。部長のいうことは死んでも聞かなくてはならない。ギャラリーに上がってうさぎ跳びをはじめると、足がじんじんしてきた。もうアケミもマミコちゃんもひとことも口をきかなかった。下を見ると二、三年生はかわりばんこに球を打っている。番がまわってこない人は、全身が映る鏡に向かって素振りだ。球が打てないのはまだいいが、どうしてランニングとかうさぎ跳びとか、辛いことばかりをしなくちゃならないんだろうか。青い顔でよろつきながらフミコちゃんがやってくるのが見えた。先輩のところに行き、そしてこちらを見上げ、目を丸くしているのがわかった。

「フミコちゃん、来たよ」

前を行くマミコちゃんに小声でいった。

「うん」

うさぎ跳びの間、二人はそれ以外の言葉を発しなかった。

きつい運動が終わると、今度は球拾いだった。素振りすらやらせてもらえない。そして先輩が帰ったあと、三人で後片づけ。あまりに疲れて声も出なかった。

制服に着替えて校門を出る。下半身がほてり両足はおもりがついたように重い。ひきずるようにして家まで帰ろうにも、疲れたのとお腹の空きすぎで倒れそうだった。

マミコちゃんはだるそうに、

「それじゃあ、また」

と手を上げて帰っていった。家に帰ったら焼鳥屋さんを手伝うのだろう。

「ねえ、ラーメン食べていかない？」

フミコちゃんが無表情でいった。目もうつろだ。彼女は放課後の二時間でしぼんでしまったようだ。

「うん、食べていこう」

アケミたちは制服のまま、繁盛しているラーメン屋に入り、いちばん安いラーメンを注文して汁を一滴も残さずにむさぼった。二人はお腹がふくれた後でもほとんど無口のまま、お互い労るような目をして別れた。

母親に部活はどうかとたずねられても、最初っから辛いとはいえないので、

「まあまあ」

と答えておいた。嘘をついて買ったラケットも、持ってくるようにいわれないものだから、ずっと机の引き出しに入ったままだ。ラケットケースからラケットを出し、ためつすがめつしたあと、アケミはそれで両足を叩いてマッサージをした。

ひと月たっても、ふた月たっても、まだラケットは持たせてもらえない。準備とラ

ンニングとうさぎ跳びと後片づけの日々だ。自分たちは本当に下っ端なのだとあらためて情けなくなった。校内で先輩に会ったら挨拶をし、いうことは絶対に聞かなくてはならない。おまけに学校の先生は小学校のときと比べものにならないほど怖かった。地理の先生は授業中にしゃべっていた男の子の首を喉輪状態で教室の後ろの壁に追いつめ、髪の毛を持ってがつんがつんと彼の後頭部を壁に何度もぶつけた。アケミたちはあっけにとられて口を開けていた。出席簿で女の子の頭を叩く先生もいた。そういう場面を見ると、教室の中はしーんといやな雰囲気になった。「練馬の学習院」といいながら、本当の学習院の先生はあんなことはしないのではないだろうか。たしかに生徒も悪いが、大人なんだからあんなに怒らなくてもと思った。生徒手帳にはああだこうだとこうるさいことがたくさん書いてあり、アケミは、

「早くこの三年間が過ぎますように」

と祈った。

夏休みの部活に休まないで参加したのは、一年生でアケミだけだった。マミコちゃんは家の手伝いがあるし、フミコちゃんの家はおじいちゃんの具合が悪かった。先輩たちは家族旅行に行ったりするので、欠席することもある。父親が全く家には帰ってこなくなっていたアケミの家では、家族旅行もどこかに遊びに行くこともなかった。

アケミは部活しか行く場所がなかったのであった。

「キノシタさん偉いわねえ。まじめでよろしい」

事情を知らない部長に褒められた。結果的にそうなってしまっただけである。二学期になってやっと、ラケットを持たせてもらえるようになった。それでもまだ球は打たせてもらえず、素振りばかりだ。ランニング、うさぎ跳び、そして素振り千回。下半身だけだったのが、上半身も筋肉痛になった。部活の後は家に帰る途中で、ラーメンを食べるのが日課になった。そして家に帰るとちゃんと晩御飯を食べる。あんなに運動しているのに、体重がぐんぐん増えていき、ぐっとふんばると太股の肉が盛り上がった。先輩から構えの形がいいと褒められると、辛いトレーニングも報われる。そうなると部活が楽しくなってきた。家に帰ると、鏡台の前でラケットを持ち、素振りの練習を繰り返した。

「しゅっ、しゅっ」

といいながら何度もラケットを振っていると、何もかも忘れられた。父親なんか帰ってこなくていい。母親がまたお金がないといっているけど、住むところがあって生きていられるんだからいいじゃないか。このひと振りひと振りが、卓球の上達につながるのかと思ったら、おろそかにはできない。

「しゅっ、しゅっ」

アケミの心の中に溜まっていたうんざりする思いは、鏡台の前でラケットを振るたびに空中にふっとんでいった。

本書は二〇〇一年九月、筑摩書房より刊行された。

ちくま文庫

オトナも子供《こども》も大嫌《だいきら》い

二〇〇五年十二月十日　第一刷発行

著　者　群ようこ（むれ・ようこ）
発行者　菊池明郎
発行所　株式会社　筑摩書房
東京都台東区蔵前二―五―三　〒一一一―八七五五
振替〇〇一六〇―八―四一二三
装幀者　安野光雅
印刷所　三松堂印刷株式会社
製本所　株式会社積信堂

乱丁・落丁本の場合は、左記宛に御送付下さい。
送料小社負担でお取り替えいたします。
ご注文・お問い合わせも左記へお願いします。
筑摩書房サービスセンター
埼玉県さいたま市北区櫛引町二―六〇四　〒三三一―八五〇七
電話番号　〇四八―六五一―〇〇五三

ISBN4-480-42169-6 C0193